Alle lieben Nachbarn

ALLE LIEBEN
NACHBARN

BILDER & WORTE

Für ....

....

LAPPAN

Cartoons und Illustrationen von
Thomas Weyh (S. 8, 46)
Tom Breitenfeld (S. 25, 26)
Freimut Wössner (S. 70, 75)
Wilfried Gebhard (S. 55, 65, 88-91)
Peter Butschkow (S. 82)
Gerhard Glück (S. 31)

Herausgeber: Günther Willen
Lektorat: Nicola Heinrichs
Umschlagzeichnung:
Ari Plikat

1 2 3 4 5   04 03 02 01 00

Alle Rechte vorbehalten
© 2000 für die Buchzusammenstellung
Lappan Verlag GmbH · Postfach 3407 · 26024 Oldenburg
© der abgedruckten Texte bei den Autoren
Gesamtherstellung: Clausen & Bosse · Leck
Printed in Germany · ISBN 3-8303-4010-9

Ein Wort an die Leser

Wer leiht uns Zucker oder den Dachgepäckträger? Nachbarn! Wer hält im Flur ein Schwätzchen mit uns? Wer grüßt uns auf der Straße? Na? Nachbarn! Wer nimmt unsere Post entgegen, wenn wir in Urlaub sind? Nachbarn! Wer passt auf unsere Kinder auf und gratuliert unserer Katze zum Geburtstag? Nachbarn!
Wer läd uns ständig zu Grillpartys und Straßenfesten ein? Nachbarn! Wer wischt regelmäßig das Treppenhaus und entfernt die Kippen, die wir auf die Treppe werfen, um zu kontrollieren, wie lange nicht geputzt wird? Nachbarn! Immer wieder Nachbarn!! Ach, Nachbarn, was würden wir nur ohne euch machen!? In diesem Sinne: Auf gute Nachbarschaft!

Inhalt

Ulrich Horb
Lernen Sie ihre Nachbarn kennen   9

Fritz Eckenga
Kratzen gegen den Frieden   13

Hans-Joachim Teschner
Gute Nachbarn / Schlechte Nachbarn   16

Fanny Müller
Kein schöner Land   20

Günther Willen
Zehn ungeliebte Haustiere   22

Hans Borghorst
Tratsch im Treppenhaus   23
Nachbarin gesucht   26

Günther Willen
Nachrichten aus der Nachbarschaft (1)   30

Andreas Scheffler
Gute Menschen, schlechte Menschen   28

Susanne Rießelmann
Der Nachbar von unten   32

Günther Willen
Nachrichten aus der Nachbarschaft (2)   35

Frank Schulz
Horoskop für Nachbarn   36

Thomas Schaefer
annas nachbar   40

Andreas Scheffler
Viel Lärm um nichts   41

Fanny Müller
Fangschaltung   44

Albert Hefele
Straßenfest   47

Thomas Schaefer
Wachsamer Nachbar   54

Hans Borghorst
Eine Frage, Dr. Krampnagel!   56

Fritz Tietz
Niehoff zieht um   58

Hans Borghorst
Für die Statistiker   66

Ulrich Horb
Hilfe, Nachbarn   68

Hans Borghorst
Der Schwur   71

Albert Hefele
Tratsch im Treppenhaus   76

Fanny Müller
Der Schirm   80

Peter Köhler
Das Letzte aus dem Wohnrecht   83

Albert Hefele
Mein Nachbar   88

Manfred Hofmann
Illustrierte Kurzsatiren auf den Seiten   12, 86/87

Autorenverzeichnis   92

Lernen Sie ihre Nachbarn kennen

Heutzutage weiß man fast alles über Goethe und Schiller. Wie sie gelebt haben, welche Freundinnen sie hatten, was sie zum Mittag gegessen haben. Oder auch über Liz Taylor. Wie viele Männer sie gehabt hat, warum sie so viele Männer gehabt hat. Aber was wissen wir eigentlich über unsere Nachbarn?

Dabei wohnen wir nicht selten Wand an Wand mit ihnen. Wir sehen sie häufiger als einen guten Film im Privatfernsehen. Und wir reden mit ihnen mehr als mit unserer geschiedenen Frau. Wenn man so viel miteinander zu tun hat, dann sollte man sich schon ein wenig besser kennen. Und wenn die Nachbarn dazu keine Anstalten machen, sollte man selbst die Initiative ergreifen.

Verschaffen Sie sich zunächst einmal einen groben Überblick über die Gewohnheiten Ihrer Nachbarn. Beobachten Sie, wann sie nach Hause kommen und wann sie weggehen. Notieren Sie sich, wenn Besuch kommt. Öffnen Sie ruhig einmal die Wohnungstür, um die Besucher besser sehen zu können. Es dient ja einem guten Zweck. Machen Sie, wenn die Tür nun schon einmal offen ist, Fotos von den Besuchern. Fragen Sie jeden, der kommt, nach dem Grund seines Besuchs. Machen Sie sich dabei möglichst viele Notizen.

Immer wieder kommt es in der Nachbarschaft zu Eifersuchtsdramen. Den Ärger haben dabei stets die Nachbarn, die der Polizei und den Reportern erklären müssen, wie es dazu kam. Prüfen Sie deshalb rechtzeitig, ob die Beziehung Ihrer Nachbarn intakt ist. Fragen Sie ihren Nachbarn einfach einmal, ob er alle Männer kennt, die seine Frau tagsüber aufsuchen, während er im Büro ist. Zeigen Sie ihm Bilder der Besucher. Mischen Sie zur Probe zwei oder drei Dutzend Fotos von Politikern, Sportlern und verschiedenen anderen Nachbarn darunter.

Viele Nachbarn versuchen, Streit und Konflikte vor Ihnen zu verbergen. Dabei gehört gerade dies zum besseren Kennenlernen dazu. Wie reagieren diese Menschen in Extremsituationen? Werden sie handgreiflich, weinen sie womöglich? Oder brüllen sie sich nur an? Gerade dies sollte man von seinen Nachbarn wissen. Schaffen Sie deshalb geeignete Anlässe für einen Streit. Bringen Sie zum Beispiel abends ein paar Blumen vorbei. Sagen Sie einfach, die hätte der nette junge Mann abgegeben, der sonst immer bei der Frau Nachbarin vorbeikommt. Oder sagen sie ihr zum Beispiel einfach mal, wie toll ihr Mann ist. Vor allem, wie rührend er sich in der Mittagspause immer um seine Tochter, wohl aus erster Ehe, kümmere. Ein Herz und eine Seele seien die beiden ja, Küsschen hier und Küsschen da. Schalten Sie abends ein Tonband ein und nehmen Sie die Geräusche aus der Nachbarwohnung auf, damit Sie später noch mal alles in Ruhe auswerten können.

Benehmen sich Ihre Nachbarn in der Öffentlichkeit anders als im privaten Bereich? Laufen sie etwa in der eigenen Wohnung genauso schlampig herum wie draußen? Wie oft wischen sie Staub? Das lässt sich mithilfe eines kleinen Außenspiegels leicht kontrollieren, den Sie so am eigenen Fenster anbringen, dass Sie drüben wieder hineinschauen können. Wenn Sie ein wenig mehr ausgeben wollen, können Sie auch eine kleine Außenkamera montieren, die die Bilder aus der Nachbarwohnung bequem auf ihren Fernseher überträgt. Die Aufnahmen können Sie dann an einen Psychologen zur weiteren Auswertung weitergeben. Sie können sie natürlich auch ins Internet stellen. Vielleicht fällt dort jemandem etwas dazu ein.

Wenn Sie Ihre Nachbarn dann immer noch nicht richtig verstehen, rufen Sie sie einfach an. Fragen Sie sie persönlich, warum sie immer so viel Ketchup auf die Nudeln kippen. Wie sie es überhaupt den ganzen Tag miteinander aushalten. Oder warum sie immer den Hosenknopf aufmachen, wenn sie sich auf die Couch setzen. Das ist keine unangemessene Neugier. Man will das doch einfach nur besser verstehen.

Immer wieder kommt es vor, dass sich Nachbarn dem Kennenlernen durch einen abrupten Umzug entziehen. Lassen Sie sich davon nicht entmutigen. Solche Nachbarn sind es nicht wert, dass man sie besser kennen lernt.

Warten Sie es ab, bald kommen neue Nachbarn. Die sollten Sie sich einfach mal etwas genauer anschauen. Man will ja schließlich wissen, mit wem man unter einem Dach lebt.

Sieh mal an!

Wohl jeder von uns – und wahrscheinlich auch von Ihnen – hat schon einmal an der Wohnungstür durch den Spion gesehen, wenn es geklingelt hatte, und einen gewaltigen Schreck gekriegt, weil vor der Tür ein unförmig verzerrtes Wesen stand. Und weil der erste Eindruck immer haften bleibt, hatte so mancher unserer Nachbarn fortan schlechte Karten.

Das ist nun vorbei! Der neue Türspion der Fa. Glupsch & Auge ist nämlich variabel: Bei Bedarf wird die Linse weggeklappt, und man kann den Gast so ins Auge fassen, wie er wirklich ist. Eine Sympathiewelle für Nachbarn und Zeitschriftenwerber wird die Folge sein!

Kratzen gegen den Frieden

Unter den vielen Geräuschen, mit denen so genannte Mitmenschen sich einem ins Dasein nötigen, ist das Kratzen eines der scheußlichsten. Jetzt im Winter wird Kratzen zur wahren Plage des Ruhebedürftigen. Er, der Vernünftige, hat sich, vor überfrierender Nässe, Nebel, Schneegriesel und Frostbeulen schützend, tief in die mollige Geborgenheit von Kissen und Federbetten zurückgezogen. Sein kluger Plan: bei gedrosseltem Stoffwechsel halb schlafend die lebensfeindliche Jahreszeit überbrücken. Er hätte gute Chancen, wäre da nicht das allgegenwärtige Kratzen. Das Kratzen wird ausgeübt durch den Nachbarn. Der Nachbar ist ein dummer Mensch, der selbst an eisigsten Wintermorgen um fünf Uhr fünfzehn seine Behausung verlässt, um sich in seinem Auto zu einem Arbeitsplatz zu transportieren. Abends stellt der Nachbar aus Gründen, die im Todsündenregister als Neid und Missgunst geführt werden, das Auto vor das Schlafzimmerfenster des Ruhebedürftigen und lässt es dort von der Witterung vereisen. Am nächsten Morgen um fünf Uhr fünfzehn muss der Nachbar das Auto dann freikratzen, damit der Beneidete wach wird. Das Freikratzen erfolgt mittels einer gezahnten Plastikscheibe, die der Nachbar über alle Fensterscheiben seines Autos kratzt. Der Vorgang beansprucht im Durchschnitt 12 Minuten Kratzzeit und wird untermalt vom Nageln des gleichzeitig warm laufenden Dieselmotors sowie vom teerigen Abhusten

– und dem gleich darauf folgendem Ausspeien des des vom Nachbarn Abgehusteten. Dann endlich die Abfahrt des freigekratzten Fahrzeugs. Nun sollte wieder eine wohltuende Stille eintreten, die der Ruhebedürftige zur Fortsetzung seiner gestörten Winterpause dringend benötigt. Er hätte gute Chancen, wäre da nicht ein weiteres allgegenwärtige Kratzen. Dieses jetzt ist ein tieferes, sonoreres, fast eher ein Schaben oder Schrappen. Verursacht wird es durch die Ehefrau des soeben abgereisten Nachbarn, also durch die Nachbarin. Sie ist, wie fast zu erwarten war ein ebenso dummer Mensch wie der Nachbar. So gesehen passen sie also bestens zusammen und sind als gegen den Ruhebedürftigen Verschworene eine doppelt starke wie böse Macht. Die Nachbarin befreit nun also mithilfe eines Werkzeugs namens Schneeschieber einen etwa vier Meter fünfzig mal 40 Zentimeter messenden Gehwegstreifen von Schnee. Überwältigende Mengen der weißen Pracht müssen über Nacht niedergegangen sein. Wahrscheinlich ist sogar Lawinengefahr im Verzug. Würde die Nachbarin sonst 45 Minuten ihrer kostbaren Zeit opfern und schnaufend, ächzend und schrappend bereits morgens um halb sechs das Letzte aus sich herausholen? Eine rein rhetorische Frage, denn selbstverständlich ist nur ein knapper Zentimeter Schnee gefallen und natürlich ist das Schrappen der Nachbarin lediglich die Fortsetzung der heimtückischen Winterverschwörung gegen den Beneideten. Eine erfolgreiche Verschwörung, der sich im Folgenden große Teile der Bevölkerung anschließen. Eine wahre Volksbewegung, ein einziges, massenhaftes, ohrenbetäubendes Kratzen gegen den Frieden. Und damit werden auch alle weiteren Versuche des Ruhebedürftigen, seinen Plan vom seligen Durchdämmern der kalten Tage in die Tat umzusetzen, höchst effektiv und kratzend sabotiert. Allüberall kratzen Eiskratzer, schrappen Schneeschieber. Dazu ratschen Hände an Klettverschlüssen von Winterjacken, knirschen Profilsohlen auf Streugut und schnäuzen Nasen in Papiertaschentücher. Solange, bis der Winter zu Ende ist. Vorher wird es keine Ruhe geben.

Gute Nachbarn – Schlechte Nachbarn

Befördern täglich unsere Kinder zum Kindergarten, da er sowieso auf dem Weg liegt. 	Faseln was von einem Bandscheibenvorfall, wenn wir sie bitten, unser altes Klavier auf den Dachboden hochzuhieven.
Halten ihre lärmenden Kinder stets im verschlossenen Haus.	Tun freundlich zu unseren Kindern, um sie uns zu entfremden.
Passen während unseres Urlaubs auf unsere Wohnung auf, gießen die Blumen, füttern den Alligator in der Badewanne, reinigen das verstopfte Klo und pflegen unsere bettlägrige Schwiegermutter.	Haben während ihres Urlaubs alles geregelt, die Rollläden heruntergekurbelt, die Post um- und die Zeitung abbestellt, sodass wir keine Gelegenheit finden, ihre Briefe zu öffnen und in ihrem Schlafzimmer herumzuschnüffeln.

	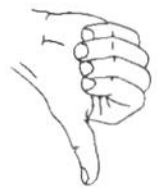
Lassen uns kostenlos telefonieren, wenn unser eigenes Telefon wieder einmal für zwei Wochen gesperrt ist.	Wollen von unserem Telefon aus den Störungsdienst anrufen, da ihr Anschluss defekt ist. Als ob es keine Telefonzellen gäbe!
Schneiden unseren Teil der gemeinsamen Hecke gleich mit.	Bessern das Loch in unserem Maschendrahtzaun nicht aus, obwohl unser Pitbullterrier schon zweimal durchgekrochen ist und die Nachbarkinder gebissen hat.
Leihen uns ihren Mercedes, damit wir den stinkenden und verrosteten Sondermüll zur Deponie transportieren können.	Laden uns jedes Jahr zu Kaffee und Kuchen ein in der Erwartung eines großzügigen Geschenkes und einer Gegeneinladung. Pustekuchen!!

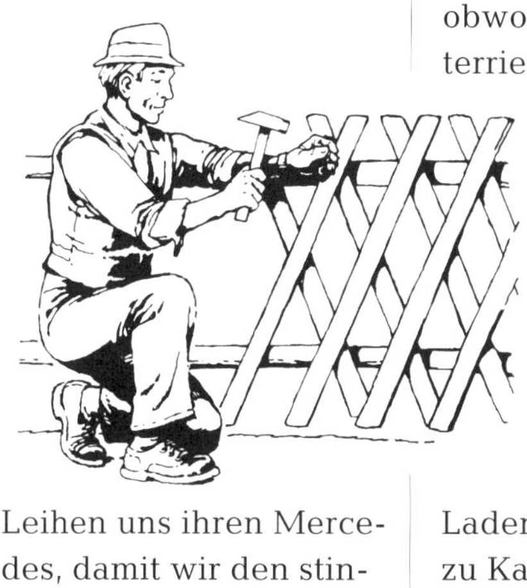

Werfen erfreute Blicke auf unsere Garten-, Sauf- und Grillfeten und bedanken sich höflich für den Bratwurstgeruch, der durch ihr Schlafzimmer zieht.	Holen frühmorgens ihre Zeitung aus dem Briefkasten, noch bevor wir sie durchblättern können.
Stellen uns ihren Keller für das kaputte und ölende Motorrad zur Verfügung, welches wir aus ökologischen Gründen unmöglich bei uns abstellen können.	Bieten uns die tägliche Mitfahrgelegenheit zum Büro an. Als ob wir selbst kein Geld für Benzin hätten.
Zeigen menschliches Verständnis für unsere Partygäste, die Bierflaschen und verschmierte Pappteller über die Hecke werfen.	Feiern zweimal im Jahr eine laute Gartenparty, bei der sogar gesungen wird. Einmal würde ja wohl reichen!
Verstecken unsere Designer-Leder-Garnitur und die teuren Trimmgeräte vor dem Gerichtsvollzieher.	Verraten dem Gerichtsvollzieher, wann er uns zu Hause antreffen kann.

Fühlen sich geschmeichelt, wenn wir unsere tote Katze in ihre Biotonne schmeißen.

Lassen uns ihre Sauna nicht benutzen, obwohl wir unsere schwere Erkältung dringend ausschwitzen müssten.

Sind voll des Lobes über unseren Ökogarten mit all den Quecken, Dornensträuchern und der Brennnesseljauche.

Mähen regelmäßig ihren Rasen, nur, um auch uns an unsere Pflicht zu erinnern.

Fegen den Schnee nicht nur von ihrem, sondern auch von unserem Bürgersteig und streuen Salz.

Räumen nicht das Salz von unserem Bürgersteig weg, das sie bei Eisglätte dort gestreut hatten.

Kein schöner Land

Auf die schönen Sommernachmittage in Hamburg ist Verlass. Der Bunker zwei Häuser weiter hat die Anlagen in die Fenster gestellt und gibt eine Retrospektive von Joe Cocker, immerhin. Letzte Woche war es Fick, fick, fick mich ins Hirn , was mich zunächst veranlasst hatte zu vermuten, dass ich es irgendwie an den Ohren habe bzw. mit meiner Psyche was nicht in Ordnung ist. Der Bademeister in der Nachbarwohnung hatte aber dasselbe gehört, und der hat gar keine Psyche. Das Altersheim nebenan hängt mal wieder in den Stühlen und Rollstühlen draußen im Garten und wird beschäftigungstherapiert: Heute wollen wir alle Käsesorten sagen, die wir kennen. Erwartungsgemäß werden Edamer, Harzer, Schweizer benannt. Und Romadour wirft einer der Alten ein. Toll, Herr Fischer. Weiß noch jemand einen Käse? Es folgt Tilsiter. Dann ist Stille. Die Leute sind einfach nicht mit Gorgonzola und Parmesan aufgewachsen. Und Romadour, mischt sich Herr Fischer erneut ein. Ja, Herr Fischer, Romadour hatten wir schon. Romadour! Herr Fischer ist nun lauter geworden. Die Therapeutin wechselt zu den Obstsorten. Jetzt ertönen aus Richtung Bunker Schüsse. Hunde bellen wie wahnsinnig. Man hört Schreie. Das ist an sich nichts Neues, aber ich verlasse doch den Küchenbalkon und begebe mich nach vorne ans Salonfenster, um zu sehen, was da los ist. Kaum zwei Minuten später ist schon die Polizei da, übrigens zeitgleich mit dem Fernsehen; etwas später läuft die Feuerwehr ein und ein Rettungshubschrauber landet auf der Stresemannstraße. Ich eile nach oben. Von Markus' Balkon im dritten Stock kann man alles viel besser sehen. Der Schütze wird gerade abgeführt. Zwei Männer hat er angeschossen, der dritte ist tot. Eine Frau läuft hinter ihm her: Das hassu gut gemacht, Alder. Vom Balkon gegenüber ist zu erfahren, dass das seine Schlampe gewesen sei. Die Nachbarschaft ohne Balkon wuselt außerhalb der abgesperrten Zone auf der Straße herum und spricht ihre unmaßgebliche Meinung in die Fernsehkameras hinein. Man habe den Verbrecher immer als sehr nett und hilfsbereit erlebt, aber wenn er mal was trinkt, kommt bei ihm was raus. Später am Tag wird festgestellt werden, dass wegen der Pistole schon eine Anzeige vorgelegen hat, und das Fernsehen recherchiert bei der Polizei. Die Polizei gibt zu, dass sie von der Waffe gewusst habe, erklärt aber, dass ihre Bewertung dahin gegangen sei, dass eine Straftat nicht unmittelbar bevorgestanden habe. Oder jedenfalls nicht sofort. So spricht der Hanseat, wenn er offiziell wird. Wie damals Uwe Seeler, als er im NDR wegen der Korruptionsgeschichte im HSV interviewt wurde: Ich habe Geld weder beh-kom-mehn noch ... geh-kricht. Ich gehe doch lieber wieder runter auf meinen Küchenbalkon. Die Sitzung hinterm Altersheim ist scheints ohne Unterbrechung weitergegangen, schließlich hat man ja ein oder zwei Weltkriege hinter sich gebracht. Und ist jetzt bei den Wurstsorten angelangt. Mettwurst, Leberwurst, Blutwurst, Salami. Zervelat! brüllt Herr Fischer. Ja, Herr Fischer, sagt die Therapeutin beherrscht, das sagten Sie schon. Dreimal. Zervelat, Zervelat! Seine Stimme kippt um. Die Therapeutin macht jetzt den Vorschlag, dass man doch ein Lied singen könne. Man singt „Kein schöner Land in dieser Zeit".

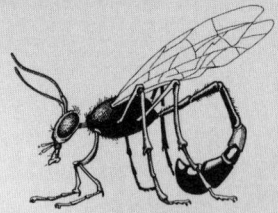

Zehn ungeliebte Haustiere

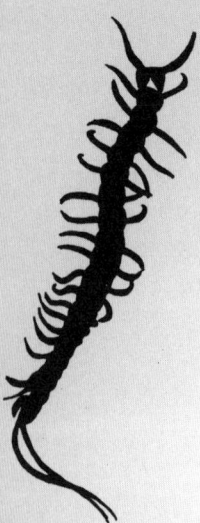

1. Ameisen
2. Stubenfliegen
3. Silberfische
4. Buckelwale
5. Tasmanische Tiger
6. Schmutzgeier
7. Elstern
8. Lamas
9. Quallen
10. Stinktiere

Tratsch im Treppenhaus

Butz: "Ach, guten Tag, Frau Wermeskötter – lange nicht gesehen!"
Wermeskötter: "Tag, Frau Butz. Na, müssen Sie mit Ihrem Wauzi Gassi gehen?!
Butz: "Ja, es hilft ja nichts, aber die Bewegung tut mir auch ganz gut. Aber sagen Sie mal, was halten Sie denn von dem jungen Pärchen, das jetzt im 5. Stock eingezogen ist?!"
Wermeskötter: "Och, die machen eigentlich einen ganz netten Eindruck ..."
Butz: "Nett??? Die hatten noch nicht einmal ihr Bett aufgebaut, da stand schon der Gerichtsvollzieher vor der Tür!"
Wermeskötter: "Tatsächlich? Tja, man kann den Leuten eben nicht in den Kopf gucken ... aber haben Sie denn schon das von Frau Demming gehört?"
Butz: "Nein, was denn?"
Wermeskötter: "Ihr Mann soll ja neuerdings was anderes haben!"
Butz: "Im Ernst?"
Wermeskötter: "Ja, aber nicht, was Sie denken! Nee, der hat was mit 'nem Kerl!"
Butz: "Pfui Deibel! Na, im Grunde wundert's mich überhaupt nicht. Ich hab damals gleich gedacht, dass da kein

	Segen drauf liegt, wenn man sich das Brautkleid im Secondhandshop kauft!"
Wermeskötter:	„Tja, das nennt man wohl 'am falschen Ende gespart', wie?!"
Butz:	„Sie sagen es, Frau Wermeskötter! Er von unten soll ja übrigens seinen Führerschein zurück haben!"
Wermeskötter:	„Na ja, wie lange das wohl gut geht?!"
Butz:	„Nicht lange, sag ich Ihnen, nicht lange!"
Wermeskötter:	„Ja, ist schon eine Schande, mit was für Leuten man heutzutage unter einem Dach leben muss. Nehmen Sie doch nur mal die Pummelige aus dem 3. Stock – die, die ihren Köter ständig direkt vor der Haustür sein Geschäft erledigen lässt. Wie deren Mann letztes Jahr gestorben ist, das war doch auch nicht ganz koscher, da können Sie mir erzählen, was Sie wollen. Ich hab damals noch die Polizei angerufen – anonym natürlich – und denen klipp und klar gesagt, dass die da was dran gedreht haben muss. Ist aber nichts von gekommen. Na ja, sie soll ja ganz früher mal in 'ner Bar gearbeitet haben. Vielleicht kannte die da noch einen, der ihr geholfen hat, ihren Mann so um die Ecke zu bringen, dass es keinem auffällt. Sie soll ja übrigens auch drei Kinder haben, aber die lassen sich hier nie blicken.

	Ist natürlich auch kein Wunder, so geizig wie die Frau ist und ..."
Butz:	„Frau Wermeskötter?!"
Wermeskötter:	„Ja, Frau Butz?"
Butz:	„Die einzige Frau aus dem 3. Stock, die einen Hund hat und deren Mann letztes Jahr gestorben ist, bin ich!"
Wermeskötter:	„Oh, äh, Frau Butz ... da haben Sie jetzt wohl was falsch verstanden ... aber ich muss leider auch ganz dringend los ... wir reden ein anderes Mal weiter, ja?! ... Tschüüüs!!!"

Nachbarin gesucht!

Die oben abgebildete Eva-Maria Vinterberg mietet sich in Wohnungen ein und verhält sich zunächst unauffällig. Erst mit der Zeit wird klar, dass es ihr Bestreben ist, die Harmonie in der Nachbarschaft zu stören!

Zuletzt war sie in der Augustastraße in Köln wohnhaft. Von den Nachbarn aufs Freundlichste aufgenommen, wurde jedoch bald klar, dass sie keinerlei Interesse an guten nachbarschaftlichen Kontakten hatte:

Als die couchlägerige Frau Schneider von nebenan sie bat, ihr doch zehn Paletten Dosenbier und dreißig Gläser Rollmöpse vom ALDI mitzubringen, gab sie vor, andere dringende Termine zu haben!

Als die unternehmungslustige Frau Dux vom 1. Stock sie bat, während ihrer geplanten mehrjährigen Weltreise doch ein Auge auf ihre 37 Katzen, 11 Hunde und 56 Vogelspinnen zu haben, behauptete Frau Vinterberg dreist, an einer Katzen- Hunde- und Vogelspinnenallergie zu leiden!

Und als der agile Rentner Siegfried Röbel von gegenüber sie zu einer Partie Strip-Poker im kleinsten Kreis einlud, schlug sie wortlos die Tür zu und zog noch in derselben Nacht bei ebendieser und Nebel aus!

Seither ist Frau Vinterberg wegen „Heimtückischer Rücksichtnahme auf die eigenen Bedürfnisse" und „Nachbarschafts-Sabotage in mehreren schweren Fällen" bundesweit zur Fahndung ausgeschrieben!

Völlig zu Recht, wie wir meinen.

Gute Menschen, schlechte Menschen

Vor wenigen Tagen klingelte ein Herr mittleren Alters an meiner Wohnungstür und wollte wissen, wo einer meiner Nachbarn genau wohne. Der Nachbar, über den er Auskunft haben wollte, hat kein Namensschild an seiner Tür und einen triftigen Grund dafür. Er ist arbeitslos oder Frührentner und zahlt seit Jahren keine Miete, der Strom ist ihm schon lange gesperrt, einen Keller mit Kohlen drin hat er auch nicht, außerdem ist er fast ununterbrochen betrunken und verlässt sehr selten seine Kammer, geschweige denn öffnet die Tür. Warum wollte wohl der Herr mittleren Alters den genauen Wohnsitz meines lichtscheuen Nachbarn wissen? – Wahrscheinlich um Geld einzutreiben, Mietschulden. Der Mann war also Gerichtsvollzieher von Beruf. Konnte er trotzdem nett sein? Warum wird ein Mensch Gerichtsvollzieher, ein Beruf, von dem ich mir nicht vorstellen kann, dass er Freude macht? Hat er herumprobiert, mal hier, mal da, sich nichts dabei gedacht und ist dann einfach dort hineingeschlittert, wie auf die schiefe Bahn? So was kann passieren, und man soll solche Leute nicht vorverurteilen. Und er machte ja nun auch wirklich einen netten Eindruck. Meine vordringliche Frage war aber zunächst, ob ich seine beantworten sollte. Der Nachbar, um den es ging, war mir nicht besonders sympathisch, aber deswegen musste ich ihn nicht gleich der Staatsgewalt ausliefern. Keine Miete zu bezahlen, war sogar noch ein korrekter Zug an ihm, wenn auch, angesichts seiner Lage, unklug. Abgesehen davon, gab es bei ihm überhaupt nichts zu pfänden. Also sagte ich: „Dritter Stock links", und fügte hinzu, „aber sie müssten schon verdammtes Schwein haben, wenn jemand aufmacht." Der Herr mittleren Alters bedankte sich höflich und stieg die Treppen hinauf. Ich ging in meine Wohnung zurück, wenig später kamen die Gewissensbisse herbeigehuscht. Ich hatte einen Nachbarn ans Messer geliefert. Nun würde ihm sein letztes Hab und Gut, vielleicht eine Brosche seiner verstorbenen Mutter, weggepfändet. Und ich bin schuld. Nun würde er erst recht saufen, ununterbrochen, nichts würde er mehr geregelt kriegen, es nicht mehr die drei Treppen hinunter schaffen, keine Lebensmittel und keinen Korn mehr kaufen können, in wenigen Wochen würde seine Tür aufgebrochen werden und er läge verschimmelt im Wohnzimmer herum. Und ich bin schuld. Andererseits sah der Gerichtsvollzieher so nett aus und würde vielleicht Gnade vor ... na ja, Recht war das auch nicht. Er würde also vielleicht einfach nett sein, vielleicht gab es ja in diesem Beruf auch Gute! Ich trank einen Schnaps und versuchte so mein Gewissen und mich zu beruhigen. War ich ein guter Mensch? Und warum überhaupt? Dieser so genannte Nachbar, dessen Exmittierung ich vielleicht mit verschuldet hatte, war schließlich ein ausgemachter Sausack, ein extremer Schmuddel, der vergammelte Tütensuppe aus dem Fenster warf, unter anderem auf mein Fahrrad. Er war es auch, der eines Nachts in den Hausflur gekotzt hatte, das ist bewiesen. Eigentlich hatte er es verdient. Andererseits war er nun durch mich zu einem Märtyrer geworden, ein Opfer des Systems, der möglicherweise die gesamte Hausgemeinschaft, die

Straße, den Bezirk mobilisieren und eine revolutionäre Stimmung erzeugen würde. Mein Nachbar war gewiss kein Guter. Würde er nach der Revolution einer sein, wenn die Umstände, die ihn zu einem Arsch gemacht hatten, nicht mehr bestünden? Was heißt hier überhaupt „gut"?! Nach drei Tagen, die immer wieder von bangen Denkphasen durchbrochen waren, besonders dann, wenn ich Schritte auf der Treppe hörte und hastig zum Spion rannte, um zu sehen, ob er zu sehen sei, nach drei Tagen sah ich endlich ihn, meinen staatlich verfolgten Nachbarn. Schnell ging ich hinaus und sagte, „Tach." Auch er sagte: „Tach." – Das ist die normale Konversation zwischen uns beiden. Es schien alles beim Alten zu sein.

Nachrichten aus der Nachbarschaft

Der deutsche Durchschnittsnachbar heißt Wolfgang Schmidt, er ist zirka 37 Jahre alt, arbeitet als Einzelhandelskaufmann in Berlin-Mitte, er trennt seinen Müll nicht, hört am liebsten irgendwas von Marius Müller-Westernhagen bis zum Anschlag und badet nach 22 Uhr. Das fand die Deutsche Nachbarschaftshilfe e.V. Frankfurt heraus. Wer hätte das gedacht?

Auf gute Nachbarschaft

Der Nachbar von unten

Als ich meinen Nachbarn von unten kennen lernte, trug er einen offenen Bademantel - und sonst nichts. Gegen neun Uhr abends klopfte er an die Tür unserer neuen Traumwohnung über den Dächern Hamburgs, in die wir soeben den letzten Karton geschleppt hatten. „Sie müssen jetzt mal aufhören mit dem Hin- und Hergeschiebe. Ich gehöre zur berufstätigen Bevölkerung und brauche meinen Schlaf", bellte der Kerl in den vermeintlich besten Jahren. Ich blieb freundlich, sagte erst einmal artig „Guten Abend", stellte mich vor und heuchelte Verständnis für den Mann, der mir nicht nur seinen dicken Bauch so schutzlos präsentierte. Trotzdem – sein Auftritt irritierte mich. Schon damals schwante mir, mit diesem Mitbewohner würden wir wenig Freude haben. Und tatsächlich: Von nun an kam er täglich die Treppe zu uns hinaufgestiegen. Manchmal begnügte er sich auch damit, mit einem Besenstiel gegen die Decke zu hämmern. Selbstverständlich hatte er immer etwas zu meckern: Mein Mann solle gefälligst seine Springerstiefel in der Wohnung ausziehen, mit denen er ihm auf dem Kopf herumtrample, unser Baby bekäme wohl nicht genug zu essen, weil es so erbärmlich und nervenzermürbend schreie. Nach der „Tagesschau" dürften wir unsere Küche nicht mehr betreten, da diese direkt über seinem Schlafzimmer liege. Unseren Gästen – die ohnehin bald nur noch vereinzelt zu uns finden sollten – lauerte er im Treppenhaus auf, beschimpfte sie wüst und machte ihnen unmissverständlich klar, dass sie das Haus bis spätestens 21 Uhr wieder verlassen haben müssten. Darauf folgte stereotyp die „Er-brauche-seinen-Schlaf-Litanei, schließlich-gehöre-er-zur-arbeitenden-Bevölkerung". Doch wir sahen ihn morgens nie aus dem Haus gehen und abends zurückkommen. Unser Nachbar schien seine Wohnung – abgesehen von ein paar gelegentlichen Ausflügen in den nächsten Supermarkt und den Weg zu uns herauf – gar nicht zu verlassen, um einer Arbeit nachzugehen. Das überließ er offenbar seiner Frau, die immer stumm und nach allen Seiten sichernd durchs Treppenhaus huschte. Des Nachbarn Lebensinhalt – keimte langsam unser Verdacht – beschränkte sich darauf, uns rund um die Uhr zu schikanieren und ansonsten zu kontrollieren, ob die Mietparteien die Mülltonnen pünktlich an die Straße stellten. Nicht mehr und nicht weniger.

Das Thema beschäftigte den Mann nämlich so sehr, dass es ihn eines Tages gar zu literarischen Höhenflügen trieb. Er verfasste ein dicht beschriebenes, vier Seiten langes Epos mit dem Titel „Das Märchen vom verantwortungsbewussten Bürger" und stopfte es in unsere Briefkästen. „Es war einmal ein kleines Mädchen, das lebte in einer großen Stadt. Die Stadt war sehr schön und wurde deshalb Venedig des Nordens genannt. Die Ratsherren gaben viel Geld aus, damit ihre Stadt sauber und schön blieb", begann die Geschichte. Überall in dieser Stadt konnte man daher lesen: „Bürger haltet eure Stadt sauber." Viele Bürger hielten sich auch daran, aber nicht alle, schrieb der Nachbar und war mitten in seinem Thema. Denn auch in unserem Haus lebten Vertreter dieser Schmutzfinken. Genauer gesagt eine Mietpartei, die noch nie die Mülltonne an die Straße gestellt hatte und das, obwohl sie laut Plan dran war. Zweifelsohne waren wir die Schweine. Wir hatten nämlich bereits mehrmals versucht, uns an den Müllplan zu halten. Vergeblich, keine Chance. Irgendwer war stets eifriger. Die Tonne stand immer schon längst an der Straße. Doch wir scherten uns nicht nur nicht um den Plan, wir überfüllten die Mülltonne auch noch hemmungslos mit den Windeln unseres Sprösslings, klagte der Märchenerzähler. „Die Tonne war nicht nur voll, nein, auf ihr türmten sich einen halben Meter hoch die Babywindeln." Und er höchstselbst hätte sich die Finger an diesen schmutzig gemacht und „schon mindestens dreimal zwölf Pampers wieder eingesammelt und die Mülltonne an die Straße gestellt. Da die Müllfahrer nicht viel Federlesens machten, lagen die ganzen braunen Pakete anschließend auf der Straße verstreut. Der Nachbar hat dann jede einzelne Windel aufgesammelt und in die Tonne geworfen. Die Mülltonne, ein Wahrzeichen einer gebildeten Hausgemeinschaft mit einer Kuppel aus Kinderkacke obendrauf." Komisch, wir benutzten gar keine Pampers, sondern wickelten unser Kind mit ökologisch korrekten Stoffwindeln. Was uns in diesem Fall überhaupt nichts nutzte. Denn jetzt guckten auch noch die anderen verantwortungsbewussten Bürger aus dem Haus durch uns durch und grüßten nicht mehr. Man hatte ja auch ohne dieses Märchen schon allerhand von uns da oben gehört: Wir bekamen nach 20 Uhr

Besuch beiderlei Geschlechts, unser Kind war unehelich, und wir aßen kein Fleisch. Aber nun, da wir als Tonnenüberfüller und Planverweigerer entlarvt und zudem noch schuld waren, dass niemand mehr wusste, wohin mit seinem Dreck, rechneten wir jede Minute mit einer Zwangsräumung durch die anderen Mieter. Das wollten wir uns ersparen und kündigten schweren Herzens unsere Traumwohnung.

Kurz darauf trafen wir unseren Nachmieter auf der Straße. Auf die durchaus spöttisch gemeinte Frage: „Wie klappts denn mit dem Nachbarn?", sagte er: „Fantastisch. Er ist ausgezogen."

Nachrichten aus der Nachbarschaft

Voller Panik alarmierten Nachbarn in Düsseldorf die Polizei: Aus einer Wohnung kamen Hilfeschreie einer Frau (21). Es hörte sich so an, so die Nachbarn, als kämpfe sie mit einem Yeti, ein Monster, so groß wie acht Sack Reis übereinander gestapelt, mit Pranken so groß wie zwei Mahagonitische, auf Leben und Tod. Zwei Beamte stürmten daraufhin die Wohnung. Zu ihrer Überraschung trafen sie die Frau alleine in der Wohnung an – sie hatte nur ein paar Tai-Chi-Turnübungen gemacht. Den Nachbarn wurde eine Blutprobe entnommen.

Horoskop für Nachbarn

Widder 21.3.–20.4.
Erotisch klappt bei den Maigeborenen aber auch alles: Knusen und Schmuddeln, Fuscheln und Kicken ... Aber leider sind Sie ja Aprilgeborene. April, April: Bei Ihnen klappts nicht mal mit dem Gläserputzen, also schon gar nicht mit dem Nachbarn. Klopfen Sie trotzdem ab und an mal an oder ab und zu.

Stier 21.4.–20.5.
In der Nacht von Samstag auf Sonntag schießt der stumpfsinnige, Steinhäger saufende, ständig sternhagelvolle Stiernacken aus dem Hochparterre wieder mit der Zwille auf Ihre Brieftaubenflottille. Schicken Sie ihm doch einfach mal ein nettes Briefbömbchen – aber lieber per konventioneller Post.

Zwillinge 21.5.–21.6.
Nächste Woche sind Sie wieder mal mit der Treppenhausreinigung dran. Ei verflixt! Na, zum Glück sind Sie ja zu zweit, da brauchen Sie nur halb so viel zu feudeln. Nee, halt, stopp ... Saturn oder sonstwer steht genau gegenüber, das heißt, Sie müssen im Gegenteil alles doppelt wischen. Schade, was?

Krebs 22.6.–22.7.
Der Obermüller ist sowieso scheiße drauf, und die Popp, die alte Nutte die, die kann Sie mal, und zwar oral, und dieser bunten Schwuchtel aus dem Souterrain zeigen Sie auch noch, wo der Hammer hängt. Intolerantes Gesindel. Man wird ja wohl noch vor die eigene Wohnungstüre ottern dürfen.

Löwe 23.7.–23.8.
Ob der Neue Ihnen wohl einen Schraubenzieher borgt? Watzlawik heißt er. Hm, wahrscheinlich Polacke. Schauen Sie lieber mal nach, ob Ihr Auto noch da steht, wo Sies geparkt haben ... Außerdem grinst der immer so tuntig. Soll der sich seinen Schraubenzieher doch in den Arsch stecken!

Jungfrau 24.8.–23.9.
Schon aufgeregt? Hach, dieser gut aussehende Gynäkologe von eine Etage höher! Ab Dienstag dürfen Sie wieder in seinem Bett schlafen und in seinen Unterhosen schnüffeln – das heißt, dürfen dürfen Sie nicht, aber Sie könnten, wenn Sie wollten: Schließlich ist er dann im Urlaub! (Blumengießen nicht vergessen!)

Waage 24.9.–23.10.
Gegen den notorischen Klavierspieler haben Sie ja schon gewonnen. Desgleichen gegen den nächtlichen Duscher, links hinterm Kopfkissen. Warum versuchen Sie nicht auch noch, diesen Krawallmachern hinter der Wohnzimmerwand de jure geregelte GV-Zeiten vorzuschreiben? Sie gönnen sich doch sonst nix!

Skorpion 24.10.–22.11.
Nichts gegen High-Heels. Nein, Sie sind wahrlich kein Kostverächter. Das ist es ja grade: Mit einem derart sensitiven Scheitel, wie ihn nur scharfer Wodka ziehen kann, ists nämlich freilich schwer zu ertragen, wenn die Dame über Ihnen auf ihrem Stubenparkett Flamenco übt, dass sich die Balken biegen.

Schütze 23.11.–21.12.
Wenn Sie nicht so kinderlieb wären, würden sie diesen rotzverfluchten Gören mehrfach begeistert das Fell über die Ohren ziehen, wenn die mit ihren Online-oder-Inline-oder-wie-das-heißt-Rollschuhen an den Füßen fünf hohe Stockwerke lang das Treppenhaus hinunterpoltern ... Leider sind Sie aber kinderlieb.

Steinbock 22.12.–20.1.

Jeden Sonntagmorgen das Gleiche: Gekecker wie im Delphinarium, durchmischt von Brummen und Knurren, daraufhin spitze Schreie – Gekicher – lange Stille – ein paar dumpfe Stöße – und dann ein Gestöhne zum Gotterbarmen ... Können die alten Zauseln von nebenan ihren Skat nicht abends kloppen?

Wassermann 21.1.–20.2.

Wassermänner neigen bekanntlich nicht nur zu Schweißfüßen, sondern auch zu Einsamkeit. Keine Seltenheit sind beispielsweise Notizen am schwarzen Brett im Hausflur mit Wortlauten wie „Liebe Nachbarn! Heute feiere ich meinen Geburtstag. Könnte etwas leiser werden."

Fische 21.2.–20.3.

Sie sind ja nun voll der Stulle-Pulle-Typ, eher rüde als prüde, eher rau als schlau. Da stehn Sie auch noch zu. So weit, so ätzend. Weswegen in aller Welt müssen denn ausgerechnet Sie in ein Haus mit lauter zarten, zerbrechlichen, duftenden Persönchen einziehen? „Eben deswegen?" Ach, „nur für eine Stunde"! Na.

annas nachbar
(Nach Jandl)

annas nachbar macht krach
anna: ach, nachbar, ach
annas nachbar lacht
anna: arsch

anna sagt: na wart
anna fragt anwalt
annas anwalt macht
nachbarschaftsklag

annas nachbar macht krawall
anna plant rach
anna macht krach
annas nachbar sagt: na wart
annas nachbar fragt anwalt
annas nachbars anwalt macht
   nachbarschaftsklag
anwaltschaft macht nachbarschaft arm

Viel Lärm um nichts

Morgens um halb acht. Sabine hatte gerade die Wohnung verlassen, um ihrer geregelten Arbeit nachzugehen, ich habe kurz überlegt, ob ich jetzt ein schlechtes Gewissen bekommen müsste, mich aber schnell auf die andere Seite gedreht. Ich schloss die Augen und kuschelte mich wieder in das warme Federbett, da stieß mir ein ohrenbetäubender Lärm in den Kopf. Jemand bohrte Löcher in Wände. Wer bohrt morgens um halb acht Löcher in Wände!? Diejenigen im Haus, die nicht dem Zwang unterliegen, in aller Frühe aufzustehen, um dem Lohnerwerb nachzugehen, sollten zu dieser Zeit das Bett hüten. Blieb eigentlich nur der selbstständige Tischler Richter in der Wohnung unter mir, der seine Arbeitszeit einteilen kann, wie er will. Klaus Richter, ein furchtbarer Schreiaffe, der mir durch Streitigkeiten mit seiner Frau schon häufig die Abendruhe gestört hatte, bohrte Löcher in Wände, vermutlich, um mich zu ärgern. Ich legte ein Kissen über meinen Kopf und schloss wieder die Augen. Da kam Sabines Katze aus der Küche, kletterte aufs Regal, sprang und landete in hohem Bogen auf meinem Brustkorb. Ich hatte Sabine versprochen, eine Woche auf ihr Tier aufzupassen, während sie im Urlaub ist. Dafür hat sie die Nacht bei mir verbracht. Und ich kannte jetzt den Preis. Sollte so der Tag anfangen? – Nicht ganz. Denn mit einem Mal erhob sich ein furchtbares Geschrei, das eindeutig aus Richters Wohnung kam. Herr Richter konnte gleichzeitig bohren und schreien. Ich zwang mich zur Ruhe, stapelte ein zweites Kissen auf meinen Schädel und legte mich hin. Mir fehlte nicht viel, in den Schlaf zu gleiten, da gesellte sich ein schreckliches Hämmern zu den vielen anderen Geräuschen. Konnte Richter simultan bohren, schreien und hämmern? »Mach doch keen Lauten hier!«, tobte eine Frauenstimme. Zumindest darin konnte ich ihr beipflichten. »Ick will nur mein Geld, dann kannste weiter wichsen!« Unglaublich, aber deutlich zu verstehen. Mal abgesehen von den nicht tolerierbaren Umgangsformen meiner Mitmieter; konnte der Mann gleichzeitig...? – Nein, das war abwegig. Eher schien es so, als ob die beiden schon jetzt, am frühen Morgen, erheblich dem Alkohol zugesprochen hatten – ein ostdeutsches Phänomen. Wahrscheinlich sind sie es, die alle paar Tage große Tüten mit leeren A & P-Korn-Flaschen in den Müllcontainer werfen. Wieder sieht man, was A & P-Korn aus Menschen machen kann. Jedenfalls war nun ein Ende des Lärmterrors abzusehen, dachte ich. Tatsächlich hörte das Krakeele etwas später plötzlich auf, doch die übrigen handwerklichen Geräusche blieben. Trotzdem schaffte ich es, wieder einzuschlafen. Ich träumte furchtbares Zeug von einer dieser grauenhaften Abbruchmaschinen mit der Kugel vorne dran, dessen Führer mit einem Mal verrückt geworden war. Da klingelte es. Schlagartig war ich wach. Im Haus herrschte Stille bis auf das Klingeln. – Das war Richter, der Mistbock. Garantiert wollte er sich irgendetwas bei mir ausleihen, ein paar Dübel, eine Brechstange oder anderen Scheiß. Möglichst etwas, das viel Krach macht. Nee, nicht mit mir! Wieder ging die Türglocke. – Tut mir Leid, Richter, ich hab keine Zeit, ich muss überlegen, wie ich dich zur Schnecke mache, flüsterte ich vor mich hin und kicherte kurz. Dann hörte ich Schritte auf der Treppe, danach Stille. Ich stand auf, um bei Kaffee und Toast einen Plan auszuhecken. Bald würde dieser Terrorist vom Fusel gefällt sein und schnarchen. Doch jetzt war erst mal das Nach-der-Post-Sehen dran. Ich ging zu den Briefkästen im Parterre. Gerade wollte ich den Rückweg antreten, da öffnete Mist-Richter seine Tür. Das Schwein trat mir tatsächlich unter die Augen.

„Herr Scheffler", sagte er scheinheilig, „die Telekom war heute da, hat den ganzen Vormittag gehämmert und gebohrt. Ich soll Ihnen bestellen, dass sie bei Ihnen geklingelt haben wegen Ihrem Telefonanschluss, aber es war keiner da. Sie sollen morgen, so zwischen sieben und acht, mal anrufen." – Das war zuviel.

Fangschaltung

Seit Wochen wird Maria, die Mama von Cassiel, die unter mir wohnt, von anonymen Anrufen tyrannisiert. Tenor: Sie sei eine Schlampe, das Kind bedauernswert und immer Männer zu Besuch ... Ihre Oma hat übrigens Weihnachten auch schon in dieser Richtung was anklingen lassen. Unverheiratet, uneheliches Kind, ob sie wohl überhaupt noch einen abkriegen würde ... Das hatte Maria allerdings nicht gestört; Oma hatte schon immer einen an der Klatsche, und zwar nicht zu knapp. Die Stimme, die nur auf den Anrufbeantworter sprach, wenn Maria weg war – also das Kind in den Kindergarten brachte und dann selbst zur beruflichen Fortbildung weiterradelte –, diese Stimme schien die eines älteren Mannes zu sein – ich habe das Band gehört und tippte eher auf 70 als auf 60 Jahre. Maria war in Panik, weil es bekannt ist, dass Kinderschänder sich gerne darauf beziehen, sich um vernachlässigte Kinder kümmern zu müssen. Da man nie wissen kann, ob es ihnen nicht irgendwann zu langweilig wird mit der Telefoniererei und sie sich was anderes einfallen lassen, ging Maria zur Kripo. Eine Beamtin kam mehrmals, um die Tonbänder abzuholen; die wurde auch ganz bleich, als sie die Tiraden hörte. Die übrigens nie länger als 30 Sekunden dauerten – offenbar einer, der Derrick geguckt hat und glaubte, dass man den Anruf erst nach einer gewissen Zeit zurückverfolgen könne. Was übrigens nicht stimmt, denn man kann mit einer Fangschaltung den Anruf auch noch nach dem Auflegen ermitteln. Die Kripo hat dann eine Fangschaltung legen lassen, die muss Maria, natürlich!, selbst bezahlen, denn es ist ja noch nichts passiert ... Da sie davon ausging, dass es sich um jemanden von gegenüber handeln musste, weil ja immer nur in ihrer Abwesenheit angerufen wurde, und wer sollte das sonst schon so genau wissen, wurde ein entsprechendes Szenario entwickelt. Heute sollte die Fangschaltung zum ersten Mal laufen, also lud Maria gestern Abend drei frühere Freunde zu einer Orgie ein. Die saßen dann auf dem Sofa und sahen Fußball. Ihr aktueller Freund kam noch dazu und blieb extra über Nacht. Also ein richtiges Schlampen-Arrangement. Heute Morgen haute sie dann mit Kind und Freund ab wie gewohnt, schlich sich aber mithilfe von Nachbarn aus dem Hinterhaus in ihren Garten – die Wohnungstür zum Garten hatte sie aufgelassen –, denn der Anrufer sollte ja glauben, es sei niemand da. Die Sache ist die, dass eine Fangschaltung nicht mit Anrufbeantworter funktioniert. Man muss also den Hörer abheben, wenn jemand anruft und dann eine Zahl wählen. Um den Verbrecher ja nicht zu verpassen, bin ich früh um acht im Bademantel durch die Wohnung von Martina, die auch parterre wohnt, und dann durch die Gärten und in Marias Wohnung gelatscht und habe Wache geschoben, bis Maria zurück war. Der Anruf kam, als Maria meinen Platz wieder eingenommen hatte. Sie hört ein kurzes Ächzen, dann wird aufgelegt. Maria drückt auf die Zahl. Maria ruft mich an. Die Telekom hat ihr die Nummer durchgegeben. Eine Nummer aus Lübeck. Die Nummer von Oma.

Ich habe mir gleich das Copyright gesichert.

PS: Jetzt hat die Kripo bei Oma angerufen und Oma will Tabletten nehmen. Soll sie doch, sagt Maria. – Wird sie aber nicht, weil sie damit nun wirklich keinen ärgern kann.

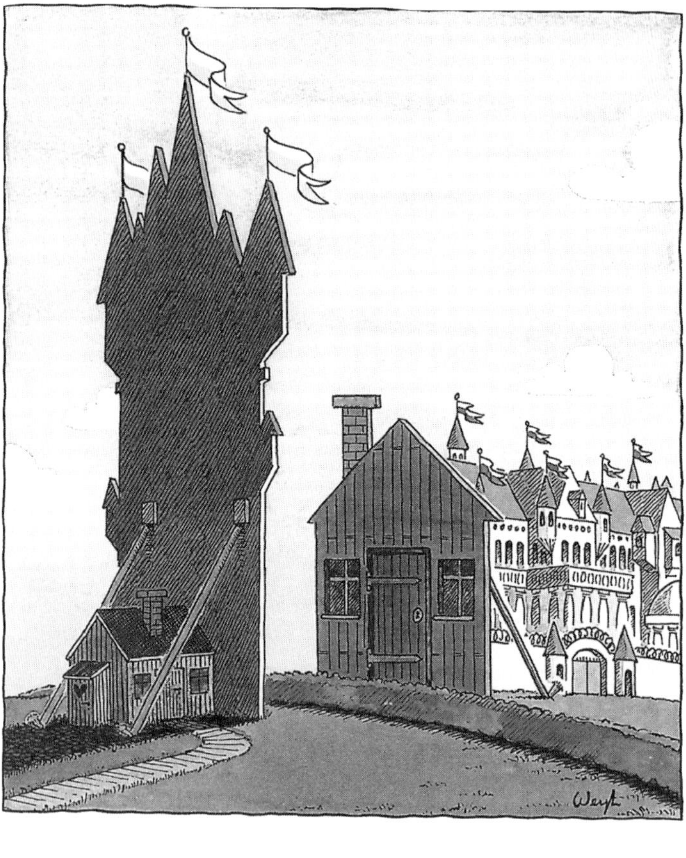
Weyt

Der abgeschlossene Roman

Das Straßenfest

Wir waren kaum eingezogen, als es schon das erste Mal klingelte und der rothaarige Herr vor der Tür stand. Er sagte: „Kennen sie den?" Ich pendelte überrascht mit dem Haupt und er fing an: „Also. Trifft die Frau ihren Frauenarzt auf der Straße und begrüßt ihn: Grüß Gott, Herr Doktor. Sagt der: Von außen hätt ich sie gar nicht erkannt. Gut oder?" Der rothaarige Herr sagte dann noch, er sei mein übernächster Nachbar. Übernächster, weil er nicht das nächste kleine Reihenhaus bewohne, sondern das übernächste. Und, dass er uns – meine Frau Hilde und mich – gleich sympathisch gefunden hätte, weil wir so ein kleines Auto fahren würden und nicht so eine „Protzschaukel". Manche meinten nämlich, ohne eine Protzschaukel ginge es nicht. Dabei wippte er mit dem roten Kopf nach links, in Richtung des neben unserem gelegenen kleinen Reihenhaus: „Schraders, zum Bleistift." Aber er wolle nichts gesagt haben und eigentlich ginge es ohnehin um etwas völlig anderes. Nämlich es sei wegen des Straßenfestes und das fände jedes Jahr statt und sei ein immer wieder begeisterndes Ereignis. Und ob wir wohl den Krautsalat machen würden. Ich zuckte mit den Schultern und sagte irgendwas halbwegs Zustimmendes. Jedenfalls suchte der rothaarige Herr dann das Weite. Wohl auch, weil er trotz gelenkigster Verbiegungen nicht an meiner Schulter vorbei ins Innere unseres Hausganges blicken konnte. Und: ich ihn nicht hereinbat, obwohl er mir Teilhabe an seinem riesigen Witzefundus anbot („Witze könnte ich stundenlang erzählen"). Nicht, dass wir unfreundlich wären, Hilde und ich. Aber – wir sind nur manchmal gesellig. Oft mögen wir sogar überhaupt keinen Besuch. Und legen uns dafür lieber faul aufs Sofa. Das tat ich, als Koriansky weg war, dann auch sofort. Um zu grübeln, welche Ausrede wohl zu wählen sei, hinsichtlich des Straßenfestes, schließlich will man die Nachbarn nicht allzu früh vor den Kopf stoßen. Wir sind natürlich trotzdem gegangen. Schweren Herzens. Irgendwie war es uns zumute, als müssten wir eine Expedition zum Orinoko unternehmen. Hilde trug sogar einen Tropenhelm, den ich noch nie an ihr gesehen hatte. Seltsamerweise erschien er mir durchaus passend, weil wir uns auf fremdes und höchst unberechenbares Territorium zu begeben hatten. Auf dem mit vielfältigen Gefahren zu rechnen sein würde. Dem rothaarigen Witzesack beispielsweise. Schraders mit der Protzschaukel, sicherlich tonnenweise lästige Kinder, und vor allem Langeweile, stundenlange Langeweile. Also packten wir unseren Krautsalat und trugen ihn vor uns her und hin zum Straßenfest. Wie eine die Verdauung fördernde Opfergabe an irgendeinen der für solche Anlässe zuständigen Götter. Dass er uns beschützen möge vor zu viel nichtsnutziger

Ansprache und uns einen baldigen Abgang ermögliche. Als wir das reich illuminierte und schon seit dem frühen Nachmittag aufgebaute Zelt sahen und die Orgel des Alleinunterhalters quengeln hörten, wollte uns der Mut für einen Moment sinken. Wir blickten uns an, Hilde und ich, und wäre nicht der Krautsalat gewesen, wir hätten uns wohl bei den Händen gefasst. Hilde sagte: „in guten und in schlechten Zeiten ..." Dann nickten wir ernst und beutungsvoll, atmeten noch einmal tief durch und knipsten unser: „So schön hätten wir es uns nicht vorgestellt" – Lächeln an. Im Zelt schwieg gerade der Alleinunterhalter und so wurden wir der Aufmerksamkeit des gesamten Zeltes teilhaftig. Ein vielstimmiges und überraschend melodiöses: „Aaaaaahhhhh" schlug uns entgegen. Wohl an die drei Dutzend Schädel nickten, an die drei dutzend Augenpaare blickten zu uns auf. Auch freundlich, aber vor allem abwägend und mißtrauisch und: „Weiss schon Bescheid. Solche sind das." Eine Frau, die ein Indiokäppchen zum dicken, selbstgewirkten Pullover trug, begrüßte uns mit einem Stück Brot, auf das sie reichlich Salz schüttete, geradezu einen Berg aus Salz errichtete. Wir staunten nicht schlecht. „Salz und Brot?", Hilde tat gerührt. Das kann sie gut und die Frau mit dem Indiokäppchen, Ruth mit Namen, zerrte uns zu ihrer Bierbank: „Mögt ihr euch zu uns setzten?" Ruth nannte ungefähr zwölf Kinder ihr Eigen. Es waren natürlich weniger, aber es kam uns so vor, als seien es zwölf. Die wollten alle Kaufladen spielen und wir mussten etwas bestellen und sie brachten es uns dann. Süß, sagte Hilde. Dann allerdings wollten Ruths Kinder Geld. Und zwar echtes. Ruth sagte: „Mögt ihr nicht draußen spielen" und „ich weiß nicht, von wem sie das haben"... Ein Herr mit dünnem Zöpfchen, der auch an der Bierbank saß und nicht mehr ganz nüchtern war, nuschelte: „Vielleicht vom Papaaaaa?" Unsere Nachbarin Ruth schluchzte auf und rannte unter Ausrufung der Worte: „Du bist gemein!" aus dem Zelt. Der Herr mit dem dünnen Zöpfchen klärte uns auf. Er sei Rolf – und Ruths Freund. Und all die vielen Kinder seien nicht von ihm, sondern von Gerd, Ruths Mann. Der aber sei stiften gegangen. Und, mal ehrlich, sei das ein Wunder? Insgeheim mussten wir Rolf recht geben, taten allerdings unentschieden und das müsse man ja wohl von beiden Seiten betrachten... Rolf glotzte zuerst erstaunt, dann zunehmend desinteressiert, um schließlich davonzuwanken – in Richtung eines Tisches, der durch oft und schrill aufbrandendes Gelächter das Zelt dominierte. Wir sahen freundlich hin und schalteten unser: „Da-scheint-es-ja-recht-lustig-zuzugehen" – Lächeln ein. Gerade beugten alle am Tisch Sitzenden verschwörerisch die Häupter zur Tischmitte. Dort blühte ein roter Schädel und eine mir sehr bekannte Stimme sprach: „Aber den kennt ihr noch nicht." Ich drehte mich ruckartig um, um nicht die Aufmerksamkeit des Rotschopfes herauszufordern. Und sah mich einem froh lächelnden Paar gegenüber, das Ruths und Rolfs Uneinigkeit genutzt hatt, um Platz zu nehmen. „Der Koriansky, das ist schon einer", sagte der männliche Teil des Paares und: „Wanzl Flori." Die Frau ergänzte: „Witze kennt der – der kann einen ganzen Tisch unterhalten." Ich war nicht ganz sicher: „Koriansky, das ist der..." „Mit der roten Rübe!" Es war Rolf, der wieder zurückgekehrt war und sich zwischen Hilde und mich drängte und einen Sitzplatz begehrte. Kaum saß Rolf, begann der Alleinunterhalter, der eine von uns als eigentlich sehr positiv erlebte Bierpause eingelegt hatte, ein geselliges Potpourri abzulassen. Das ob seiner klingenden Fröhlichkeit und mächtigen Stimmungswucht sogar den Witzetisch um Koriansky sprengte. Sofort klatschte nämlich alles mit und fiel in die zahllosen Refrains, die allesamt mit „auf die Paucke hauen" und dem Blühen irgendwelcher Blume zu tun hatten, ein. Sogar Ruth, die draußen im Kreise ihrer zahllosen Kinder geschmollt hatte, tanzte mit ihnen im Schlepptau wieder ins Zelt und wedelte auffordernd mit den Armen. Worauf es sich mehrere der versammelten Nachbarn nicht nehmen ließen, aufzuspringen und mittels grotesker Schrittkombinationen hinter ihr her zu torkeln. Wir mussten Gott sei Dank noch essen, bemühten uns aber immerhin mit aller Macht unser: "Das-ist-aber-mal-lustig"-Gesicht zu machen. Bekanntlich eines der anstrengendsten Gesichter, da einem schon nach kurzer Zeit die Backenmuskulatur zu schmerzen beginnt. Vor allem dann, wenn man gleichzeitig noch einem Gegenüber zuhören soll, das ständig unter wild deutender Gestik die Anwesenden vorzustellen begann, ohne dass ich ein Wort verstand. Der Alleinunterhalter machte einfach zu viel Lärm. Hilde ging es nicht besser, denn Rolf nuschelte ihr

zu, dass das mit Ruth wohl auch nicht das Wahre sei und er im Prinzip völlig frei und ledig und er fände Hilde einen sehr, sehr schönen Namen. Da tanzte Ruth mit dem Indiokäppchen vorbei und riss ihn von der Bank und schrie uns zu: „Mögt ihr nicht mittanzen?" Und wir schnitten unsere schönsten „Liebendgerne,-aber-wir-haben-hier-zu-tun" bzw. „Nichtslieber-als-das,-aber-wir-haben-ein-Hüftleiden"- Gesichter. Und hielten uns unter dem Tisch bei den Händen und ich spürte eine leichte Panik in mir hochsteigen, als wie aus dem Nichts der grell-gräuliche Rotschopf Koriansky neben mir auftauchte und „Kuckuck!" rief. Er hatte plötzlich eine Frisur wie eine Russenkappe. Und obwohl ich – dem Alleinunterhalter sei Dank – kein Wort verstand, wusste ich sofort, was diese Lippen zu formen anhuben: „Den kennst du aber noch nicht." Und wie ein stetiger, unbezähmbarer Strom fielen die Witzworte aus seiner Mundöffnung und er sah mich, nachdem der Witz beendet war, mit unbewegter Miene an. Wie es eben Menschen tun, die „gut" Witze erzählen können. Ich wusste, dass nun eine Reaktion am Platze wäre und griente ein wenig, aber das war keine adäquate Reaktion für den witzigen Koriansky. Und er packte sofort seine allerbesten Witze aus, bei denen sich sogar er kaum das Lachen verkneifen konnte. Es war schlimm. Meine Frau war auch weg. Sie tanzte mit Rolf, dem Zöpfchen, und ermöglichte es dergestalt einer unbekannten Nachbarin neben mir Platz zu nehmen. Während Koriansky mir von einer Seite Witz um Witz einblies, presste sie schon bald stumm ihre oberen Extremitäten an meinen Arm. Später blubberte sie: „Ich bin Hanni ..." und „Magst du micht nicht mögen mögen ..." Ich wollte nachdenken, aber Koriansky schrie: „Aber den kennst du noch nicht!" Hanni säuselte: „Du Zuckerschneck." Ich konnte den beiden so grade noch mittels eines vorgetäuschten Urindranges entgehen. Als ich aufatmend die Tür zum Dixie-Klo öffnete, quollen mir Ruths Kinder entgegen, die ihren Kaufladen in dem blauen Container installiert hatten. Ich wollte in mein Reihenhaus fliehen, da packte mich jemand am Arm. Es war Florian Walzl von den Walzls. Seine Frau, die übrigens Lotte hieß, war auch dabei, sie umklammerte mich von rückwärts und rief: „Heute haun wir auf die Paucke!" und „Das sind Schraders mit ihrer Protzschaukel!" Schraders hatten wirklich eine beeindruckende Protzschaukel. Ein Straßenkreuzer, der mindestens sechs Meter lang war. Frau Schrader lächelte unter einem riesigen blonden Haarturm hervor und Herr Schrader rauchte eine bombastische Zigarre, während er in ein goldenes Handy sprach: „Ohne Protzschaukel geht es nicht ..." Dann gab er Gas und rauschte in das reich illuminierte Zelt des Gartenfestes. Ich schrie noch: „Hilfe, Hilde!" Daraufhin verpasste mir Lotte Walzl mehrere Ohrfeigen und rüttelte mich an den Schultern. Es war aber nicht Lotte Walzl, sondern Hilde und ich lag immer noch auf dem Sofa und Koriansky, der, wie wir später erfuhren, Weber hieß, war noch keine zehn Minuten weg. Und als Hilde sagte: „Das bisschen Krautsalat werden wir schon noch hinkriegen ..." sagte ich: „Nur über meine Leiche." Und drehte mich auf dem Sofa und hub an zu schnarchen an. Schraders sind übrigens ganz nett.

Wachsamer Nachbar

Petting (dpa / eigener Bericht). Die Verwechslung eines Vibrators mit einer Kettensäge hat in Petting einen polizeilichen „Lauschangriff" ausgelöst. Ein angetrunkener Mann hatte die Polizei gerufen, weil ihm ein „Kettensägengeräusch" in der Nachbarwohnung den Schlaf raubte. Als Urheber des Lärms entpuppte sich ein eingeschalteter Vibrator. Recherchen unseres Pettinger Korrespondenten vor Ort ergaben, dass der wachsame Nachbar bereits eine Woche zuvor die Polizei alarmiert hatte, weil in seiner Wohnung eine Atombombe detoniert sei. Die eingetroffene Spezialeinheit der Pettinger Polizei stellte jedoch fest, dass er lediglich eine Sektflasche entkorkt hatte. Der Leiter des Sonderkommandos sprach von einem „bedauerlichen Super-Gau" (ganzer Alarm umsonst), lobte aber die verantwortungsvolle Aufmerksamkeit des Anrufers. In Zeiten zunehmender Kriminalität müsse man stets ein Auge auf die Nachbarschaft und sich selber haben. Gestern wurde das ominöse Wohnhaus durch eine Feuersbrunst zerstört. Der viel zu spät eintreffenden Feuerwehr teilte der vorbildliche Nachbar mit ersterbender Stimme mit, diesmal habe er keinen Alarm geschlagen, weil er das Prasseln der Flammen für überlautes Zeitungsrascheln seiner Nachbarin gehalten habe.

ICH WERDE DARAUF BESTEHEN, DASS SIE DEN GRENZ-ABSTAND EINHALTEN! ES FEHLEN NAHEZU 2cm UND DABEI IST DAS HAUS NOCH NICHT EINMAL VERPUTZT
Gebhard

Eine Frage,
Dr. Krampnagel!

Mein Nachbar ist Alkoholiker und benimmt sich einfach unmöglich. Vor seiner Wohnungstür stapeln sich die Bierkisten, ständig fällt er im Hausflur besoffen hin und neulich saß er sogar nackt im Fahrstuhl und spielte „Highway To Hell" auf der Mundharmonika! Was soll ich bloß machen?

Annette Fugmann-Häsing (22), Aichwald

Liebe Annette,
am besten machen Sie nichts, kümmern sich um Ihre Angelegenheiten und lassen Ihren Nachbarn nach seiner eigenen Fasson glücklich werden. Denn es handelt sich bei ihm um einen im Grunde sehr zurückhaltenden, hochsensiblen und äußerst netten Menschen. „Woher will der Krampnagel das wissen?" denken Sie jetzt vermutlich. Nun, liebe Annette, ich bin Ihr Nachbar, schreibe diese Kolumne unter einem Pseudonym und bin ganz bestimmt kein Alkoholiker! Ja, sicher, es stehen einige Bierkisten im Flur, aber nur, weil ich mich den Gesetzen der Gastfreundschaft verpflichtet fühle und somit Sorge trage, immer reichlich anbieten zu können. Und dass ich in letzter Zeit häufiger im Flur ausrutsche, liegt einzig und allein daran, dass man mich beim letzten Schuhkauf aufs Übelste übers Ohr gehauen hat. Und ja, tatsächlich habe ich neulich nackt im Fahrstuhl Mundharmonika gespielt, aber, herrje, an dem Tag hatte ich Namenstag und das wird man doch schließlich noch ein wenig feiern dürfen, oder?!
Auf weiterhin gute Nachbarschaft
Ihr Dr. Krampnagel

Ich bin pensionierter Studienrat und mache es mir von morgens bis abends am Küchenfenster gemütlich, schaue auf die Straße, beobachte die Vögel und lasse die Seele baumeln. Nun könnte mancher meinen, da ich schon mal da sitze, würde ich vielleicht auch das Treiben meiner Nachbarn beobachten und mir in meinem kleinen blauen Büchlein, dass stets griffbereit auf der Fensterbank liegt, Notizen machen. Aber das stimmt nicht, jedenfalls nicht direkt, denn ich habe weiß Gott Besseres zu tun, als meine Nase in anderer Leute Angelegenheiten zu stecken. Allerdings ist mir aufgefallen, dass Herr Gernandt von gegenüber eine neue Bekannte hat. Die aufreizend gekleidete Dame war letzten Freitag von 18.20 bis 20.37 Uhr bei ihm und gestern von 15.55 bis Punkt 17.00 Uhr. Sie kommt stets mit einem dunkelgrünen Volvo, dessen TÜV übrigens wie ich mit dem Fernglas unschwer erkennen konnte – nächsten Monat abläuft. Sobald sie die Wohnung betritt, zieht Herr Gernandt gleich die Vorhänge zu. Obwohl ich das beste und teuerste Richtmikrofon besitze, welches auf dem Markt zu haben ist, kann ich ihren Gesprächen nicht folgen, denn die beiden tuscheln so leise, als wenn sie etwas zu verbergen hätten, und meist läuft auch noch Musik. Nun möchte ich doch zu gerne mal wissen, wer diese Dame ist und was die da drüben so treiben – ich wette, die drehen einen Pornofilm, drucken Falschgeld oder stellen Drogen her! Können Sie mir weiterhelfen?

Siegfried Adam (70), Dillingen

Lieber Siegfried,

normalerweise würde es mir widerstreben, jemandem Dinge mitzuteilen, die ihn nichts angehen, doch in ihrem speziellen Fall will ich gerne eine Ausnahme machen: Die Dame heißt Ramona Buhl, ist Rechtsanwältin und bereitet zusammen mit Herrn Gernandt im Namen der gesamten Nachbarschaft eine – bisher – rund 10 verschiedene Punkte umfassende Klage gegen SIE vor.

Herzlichst Ihr Dr. Krampnagel

Eine Möbeliade aus der Nachbarschaft
Niehoff zieht um

Mein Nachbar Niehoff braucht eine neue Wohnung. Die, in der er bisher lebte, ist ihm allmählich zu eng geworden. Erst letztens kippte ihm bei dem Versuch, ein Telefonbuch (Hamburg 1998/99 – Buchstabe L–Z) unter dem losen Stapel ungelesener Heftchenromane hervorzuziehen, nicht nur dieser selbst um, sondern auch eine noch halb gefüllte Flasche Rotwein, die natürlich vollständig auslief. Die Heftchen sowie seine gesammelten Poesiealben, die neben dem Stapel lagerten, sind dabei gehörig eingesuppt worden. Obendrein hat der Reflex, der seiner Hand eigentlich entzuckt war, um das Unglück zu verhindern, zur Zerstörung einer Madonnenfigur aus Gips und einer seiner handbemalten Blumenvasen geführt. Dazu hat ein Teil seiner Autogrammsammlung (Showbiz/deutsch/1975–1978), der dtv-Lexikon-Band 11 (Kri–Mace) und natürlich der Teppich mehr oder weniger schlimme Flecken abbekommen. Überhaupt muss Niehoff in letzter Zeit viel zu oft erst irgendetwas beiseite räumen, um an das zu gelangen, was er gerade benötigt. Kein Wunder. Die große Platte seines Arbeitstisches biegt sich geradezu unter der Last von Zeitungs-, Prospekt-, Bücher- und Aktenordnerstapeln. Neben einer unüberschaubaren Batterie von Briefmarken- und Fußballbilderalben deponiert er dort außerdem unzählige Kartons, Kisten und Schachteln voller Steine, alter Knöpfe, Brotreste, Rabattmarkenhefte, Kastanien, Kugelschreiber, Nägel,

Münzen in- und ausländischer Währung, Schraubenzieher, Drähte, Wolle und viele andere Dinge und Materialien. Meterhoch ragen einzelne Haufen zum Teil wackelig, zum Teil fest ineinander verschachtelt auf. Wie gesagt: Mehr und mehr ist Niehoff damit beschäftigt, in diesem Wust nach etwas gerade Wichtigem zu suchen, indem er auf komplizierte, aber ausgeklügelte Weise in einen der Haufen einzutauchen oder, wenn es nicht anders geht, die zentnerschweren Papiergebirge zu versetzen hat. Auch dies geht immer schwieriger vonstatten, denn der Rest der Wohnung hat sich mit der Zeit stetig dem Tohuwabohu auf seinem Tisch angeglichen und lässt inzwischen kaum noch Platz für größer angelegte Umräumaktionen. Allein seine Sammlung sämtlicher seit Juli 1962 erschienenen Ausgaben der Frankfurter Allgemeinen und Rundschau, des Hamburger Abendblattes, Rheinischen Merkurs, der Morgenpost, Bild-Zeitung, Süddeutschen, Bild und Welt am Sonntag, Quick, Bravo, der Zeit, des Spiegels, des Sterns, der Bunten, Frau im Spiegel, Hör zu, Neuen Post und Revue füllt sauber verschnürt und einigermaßen ordentlich gepackt den halben Flur sowie sein ehemaliges Schlafzimmer knapp bis unter die Decke. Seine 17, allesamt der Reparatur harrenden Fahrräder sowie dasölleckende Moped versperren die andere Hälfte des Flurs, sodass Niehoff, wenn er ins Bad gelangen will, sich an einem Tau, das an der Decke befestigt ist, darüber hinwegschwingen muss. Und zwar so geschickt, dass dabei die 25 kunstvoll gefertigten und ebenfalls an der Flurdecke aufgehängten Tiffany-Lampen – sie stammen aus dem Erbe seiner Mutter – möglichst nicht beschädigt werden. Im Bad selbst sieht es derweil auch nicht viel besser aus. Will er baden, gilt es zunächst die drei Umzugskartons mit den alten Schulbüchern, die 22 Plastiktüten mit den leeren Haarshampoo-, Duschgel- und Zahnpastatuben sowie seine gesamte Trompetensammlung – 72 Stück, zum großen Teil noch spielbar – aus der Wanne zu räumen und nach einem eigens ausgetüftelten Plan auf das Toilettenbecken zu stapeln. Darauf kommen die Schuhkartons mit den Medikamenten, deren Verfallsdatum überschritten ist, und darauf die, mit den noch benutzbaren Arzneien. Nach dem Baden, das Niehoff übrigens an keinem Tag auslässt, hindert ihn die Bequemlichkeit ab und an, alles sofort wieder an seinen Platz zurück – und vor allem den Toilettensitz wieder freizuräumen. Von den Schaumbädern angenehm entspannt, sucht er dann seine Schlafstatt auf, ohne zuvor „klar Schiff zu machen", wie er das nennt. So kommt es schon mal vor, dass er sein Wasser, wenn es ihm nachts in der Blase zwackt und zum Ausgang drängt, notgedrungen im Waschbecken abschlagen

muss, das soweit ständig frei ist. Es sei denn, sein alter Kater Monk schläft gerade darin. Nach Möglichkeit versucht Niehoff diese Art der Verrichtung aber zu vermeiden. Es ist ihm nämlich unangenehm, sich beim Wasserlassen im Spiegel des Alibertschranks anschauen zu müssen, der in Gesichtshöhe über dem Waschbecken befestigt ist. Andererseits ist ihm natürlich die unhygienische Dimension solchen Tuns bewusst, zumal es sich nie gänzlich verhindern lässt, dass einzelne Spritzer die dicht an dicht auf dem Waschbeckenrand gereihten Zahnbürsten und seine stattliche Palette an Rasierpinseln benetzen und auf Dauer verunreinigen. Sein Bett kann Niehoff schon seit Jahren nicht mehr benutzen. Er hat es im Schlafzimmer unbedacht und so hoffnungslos mit den Zeitungsstapeln verbarrikadiert, dass es sich ohne weiteres nicht mehr abbauen ließe. Er müsste dafür das Schlafzimmer teilweise ausräumen und Bettgestell und Matratze mittels eines Flaschenzuges und einiger

Hebel über die verbliebenen Packen hinwegbugsieren. Das erscheint ihm zu aufwendig. Auch ist die Gefahr, bei dieser Aktion unter eventuell umstürzenden Papierstapeln begraben zu werden, recht groß. Deshalb hat er das Bett aufgegeben und nach und nach mit weiteren Zeitunspacken überbaut. Sein Nachtlager bezieht er auf einem alten Zahnarztsessel im Wohnzimmer. Der trohnt in etwa zwei Meter Höhe auf zwei übereinander stehenden Gefriertruhen. Darin bewahrt Niehoff leicht verderbliches Sammelgut auf, wie seine Schnecken, die Liebesäpfel und die aus Kartoffeln geschnitzten Drucklettern, mit denen er im Kartoffeldruckverfahren selbst verfasste „Umwelt-Gedichte" anzufertigen pflegt, die er dann in der U-Bahn an ausgewählte Passanten verteilt. Außerdem lagern hier seine sechs toten Katzen. Wenn er sich schlafen legen will, muss Niehoff einige Hindernisse von nicht geringem Gewicht beiseite räumen und etliche Turnübungen absolvieren, die er aber inzwischen routiniert zu erledigen weiß: Vom Flur aus gilt es zunächst unter dem Schreibtisch hindurch hinter denselben zu kriechen. Von dort hat er sich mit einem Sprung hochzukatapultieren, um einen ins Mauerwerk der Decke gedübelten Fahrradlenker packen und sich auf den Kleiderschrank hinaufziehen zu können, von dem auf der anderen Seite eine mehr oder weniger stabile Treppe aus leeren Farbdosen hinabführt. Darüber gelangt er an eine noch freie Ecke seines Arbeitstisches, an der Niehoff zu speisen pflegt, aber auch sein Training im Schnell-Lösen von Kreuzworträtseln und andere Tätigkeiten erledigt, wie das Basteln obszöner Kastanienmännchen, das Kleben von Tierfotocollagen, die Archivierung seiner Plastiktütensammlung und und und … Der Platz vor dieser freien Tischecke bietet gerade so viel Raum, dass dort sein Drehstuhl, das Katzenklo und er selbst bequem stehen können. Von hier aus gelangt er durch einen Tunnel, den er in die Zeitungsstapel gegraben hat, zum Fenster und damit zu seiner Bonsai-Zucht, die täglich gegossen werden muss. Der Platz ist aber auch Ausgangspunkt eines engen Gangs, der zwischen aufgetürmten Umzugskartons bis zu einer Durchreiche führt, die den einzigen noch freien Zugang zur Küche bildet. In die Durchreiche hinein hat Niehoff eine stabile Schranktür geschoben, auf der er bis zur Kochnische durchrobben und auf dem Bauch liegend alle hier anfallenden Tätigkeiten erledigen kann. Auf seinen Zahnarztsessel gelangt er, indem er, auf den Armlehnen seines Drehstuhls balancierend, zunächst die große Standuhr mittels zweier darunter festgeschraubter Rollschuhe in den Platz hineinzieht, um anschließend selbst in den frei gewordenen Raum hineinzuspringen. Über die herausragende Kante eines Klavierflügels, der inzwischen mit mehreren Aquarien so zugebaut ist, dass er sich nicht mehr bespielen lässt, kann er über eine Pyramide aus etlichen Nachttischschränkchen seinen Sessel erklettern. Dieser Zahnarztsessel, der sich im Übrigen mittels einer Hydraulik hoch und runter heben und in alle Richtungen drehen lässt, dient Niehoff nicht nur als Bett. Oft pflegt er hier auszuspannen, sich der Lektüre seiner Heftchenromane oder einfach seinen Gedanken hinzugeben. Von hier aus hat er auch die Möglichkeit fernzusehen, und zwar über ein kompliziertes, aber denkbar effektives Spiegelsystem, denn sein TV-Gerät steht unverrückbar am entgegengesetzten Ende des vollgestellten Zimmers, sodass seine Bildfläche ohne die Hilfe der Spiegel nicht mehr einzusehen ist. Wie von einem Hochsitz hat Niehoff von hier aus einen einigermaßen umfassenden Überblick über sein Zimmer und das darin herrschende Chaos, dessen Kontrolle ihm jedoch mehr und mehr zu entgleiten scheint. Die Anzeichen dafür werden jedenfalls immer deutlicher: Wie er mir berichtete, brachte er letztens geschlagene fünf Stunden damit zu, eine ganz bestimmte Fotografie zu suchen. Obwohl er zuvor sicher zu wissen glaubte, wo sie sich befindet, konnte er sie dort und auch sonst nirgendwo aufspüren. Bei der Fotografie soll es sich um eine Dia-Porträtaufnahme von ihm selbst handeln, die ihn halb nackt und unter der Dusche stehend zeigt, indem er, seine Blöße keck mit dem Duschvorhang bedeckend, frechen Blicks in seine selbstauslösende Kamera lacht. Dieses Foto beabsichtigte er im Werbeblock seines Stammkinos „Paradies" zur Aufführung bringen zu lassen, um sich so endlich den lang gehegten Traum zu erfüllen, einmal selbst auf der Kinoleinwand zu erscheinen. Mit dem Kinobesitzer Johnen waren bereits Tarif und Laufzeit abgesprochen, allein Niehoff fand das Foto nicht und musste die ganze Aktion wieder abblasen. An diesem Tag aber hatte Niehoff beschlossen, nach 27 Jahren in seiner bisherigen eine neue und vor allem geräumigere Wohnung zu suchen und anzumieten. Wie er neulich unten bei den Briefkästen andeutete, scheint er da inzwischen fündig und mit dem Vermieter handelseinig geworden zu sein. Demnach dürfte es nur noch eine Frage der Zeit sein, bis er auf meiner Matte stehen und mich als seinen, sonst stets hilfsbereiten Nachbarn bitten wird, ihm beim Umzug ein wenig mit zur Hand zu gehen. Ich werde wohl überraschend verreisen müssen.

OH-
GUTEN TAG!
ICH BIN DER NEUE
NACHBAR. ICH WOLLTE
GERADE EIN BILD
AN DIE WAND
HÄNGEN

FÜR DIE STATISTIKER:

Einfach unglaublich!

11% aller Nachbarn sind total nett!
45% haben hyperaktive Kinder!
Und 61% ahnen gar nicht, wie sehr manch einer darauf hofft, dass sie baldmöglichst umziehen!

Nicht zu fassen!

3% der Nachbarn sind nie da!
17% üben nach 22.00 Uhr gerne mal Trompete!
Und 89% bewahren die Hälfte ihres Mobiliars im Hausflur auf!

Das is 'n Ding!

30% aller Nachbarn grüßen freundlich!
15% besitzen einen Kampfhund!
Und immerhin 42% lassen sich durch dünne Wände in ihrem Sexualleben nicht beeinträchtigen!

Hat der Mensch Worte?

27% der Nachbarn schmeißen ihren Müll einfach aus dem Fenster!
31% leiden allem Anschein nach häufig an Blähungen!
Und nahezu 100% aller Nachbarn haben ebenfalls Nachbarn!

Kaum zu glauben!

53% der Nachbarn interessieren sich brennend für das, was nebenan geschieht!
25% kennen die Hausordnung aus dem Effeff!
Und 76% verbreiten in ihrer Freizeit gerne mal das eine oder andere Gerücht!

Ja, da schau her!

14% aller Nachbarn sind extrem klagefreudig!
61% schmieren dem Vermieter Honig ums Maul!
Und rund 8% beziehen die Tageszeitung aus fremden Briefkästen!

Hilfe, Nachbarn

Wer irgendwann in seinem Leben schon einmal mit dem Flugzeug abgestürzt und auf einer einsamen Insel verhungert ist, weiß, wie schön es ist, Nachbarn zu haben, bei denen man sich mal ein Tässchen Mehl borgen kann. Vor allem, wenn man neu in ein Wohnhaus eingezogen ist, verschafft man sich auf diese Weise leicht die ersten Bekanntschaften. Und wenn man sechs Tässchen zusammen hat, kann man anfangen, sich Untertässchen und Tellerchen Mehl zu borgen. So hat man in kurzer Zeit ein schönes Service zusammen. Das Mehl kann man ja wegschütten.

Der Vorteil von Nachbarn ist, dass sie meist ziemlich in der Nähe wohnen. Das ist allerdings zugleich auch ihr größter Nachteil. So kann man zwar einerseits ziemlich einfach ihren Hausstand zu sich herüberholen, andererseits trifft man sie dadurch auch etwas häufiger. Und dann fragen sie stets nach, was denn ihr Mehl so macht. Als ob sie die paar Pfennig nicht hätten, um sich selber welches zu kaufen.

Zur guten Nachbarschaft gehört es, hilfsbereit zu sein und zu teilen. Es ist selbstverständlich, dass man als Nachbar ein Stück der leckeren Cremetorte bekommt, wenn nebenan Geburtstag gefeiert wird. Und genauso klar ist, dass man selbst etwas abgibt, wenn man im Sommer auf dem Balkon grillt. Dann bekommen die Nachbarn zum Beispiel den Qualm und die Musik ab.

Gerne nimmt man auch die Post entgegen, wenn die Nachbarn gerade mal nicht zu Hause sind. Vor allem, wenn sie Mitglied im Buchclub sind oder ein Zeitschriftenabo haben. Dann kommt man vor lauter Lesen ein paar Tage lang kaum aus der Wohnung. Das ist auch gut so, sonst würde man ja die Nachbarn treffen, die nach der Post fragen.

Zum guten Klima im Haus trägt es bei, wenn man sich gegenseitig die Wege beim Einkaufen abnimmt. Hat die nette alte Dame nebenan zum Beispiel das Päckchen Tortenguss vergessen – kein Problem, man geht ja sowieso noch einkaufen. Dafür kann man ihr nächstes Mal, wenn sie zum Supermarkt geht, auch ohne Gewissensbisse hinterherrufen, sie möge doch bitte schnell noch einen Kasten Bier mitbringen. In so einer Hausgemeinschaft gleicht sich eben alles wieder aus.

So ist das ja auch mit den Parkplätzen. Mal parkt man auf dem Platz der Nachbarn, dann müssen sie sich zwei Straßen weiter etwas suchen. Und mal parkt man selbst zwei Straßen weiter, weil man da einkaufen will, während die Nachbarn gerade nicht zu Hause sind. Und dann muss man sich schon wieder beeilen, damit man auf dem Parkplatz der Nachbarn steht, ehe die nach Hause kommen.

Vor allem in der Urlaubszeit sind Nachbarn unverzichtbar. Während man früher seine Kampfhunde an der Autobahn aussetzen musste und nicht wusste, wann sie wieder etwas zu beißen bekommen, kann man jetzt beruhigt wegfahren: Sie haben ja die Nachbarn. Und da man ja selbst nicht ungefällig ist, nimmt man als Ausgleich natürlich auch deren Blattlausfamilie in Pflege. Hauptsache, man muss nicht noch die Blumen gießen, auf denen die Läuse immer herumsitzen.

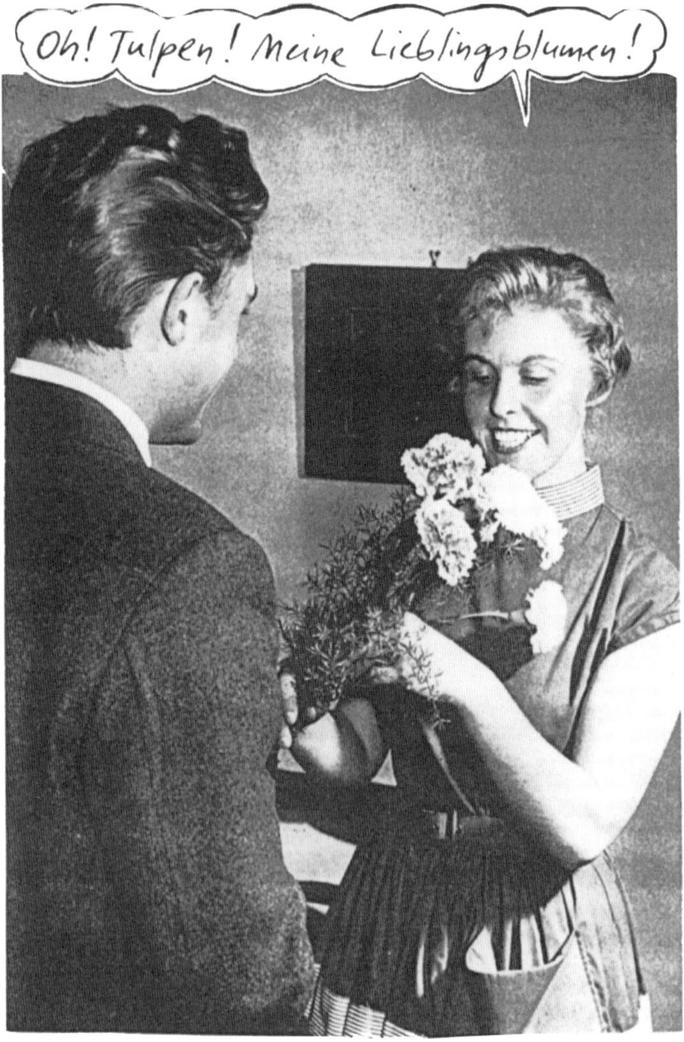
Oh! Tulpen! Meine Lieblingsblumen!

Der Schwur

Erst vor wenigen Wochen hatten wir unser neues Heim bezogen und ich kroch an diesem frühen Sommerabend im Garten unter der Ligusterhecke entlang, um einen Markierungspfosten für den geplanten Gartenteich in das Erdreich zu schlagen. „Tag, Peters!", dröhnte es plötzlich in meinen Ohren. Erschrocken sprang ich auf und entdeckte – nicht unbedingt zu meiner Freude – den Nachbarn, Herrn Skowronek, der sich auf der anderen Seite des Zaunes aufgebaut hatte. Skowronek war Staatsanwalt, wie er immer wieder gerne betonte, wobei er gewöhnlich die Augenbrauen bedeutungsvoll hochzog. Diese Position machte ihn nach seinem Selbstverständnis gleichzeitig zum Herrscher über die Bewohner dieser kleinen Vorortstraße. Er kümmerte sich um dieses, regelte jenes und hatte unter anderem an den nötigen Fäden gezogen, damit unsere Straße zu einer Tempo-30-Zone deklariert wurde. Dies beeindruckte mich, machte ihn mir aber dennoch nicht sympathischer: Skowronek war ein Großkotz par excellence, stolzierte stets umher, als führe er eine Blaskapelle an, und die Lautstärke, mit der er sprach sowie der Umfang seines Halses gaben zu der Vermutung Anlass, er habe sich ein Megaphon implantieren lassen. Doch wie auch immer: Der Kaufvertrag war unterschrieben und das Haus bezogen – wir mußten uns also wohl oder übel mit Skowronek als direktem Nachbar abfinden. Meine Frau und ich hatten uns darauf verständigt, die größtmögliche Geduld im Umgang mit ihm aufzubringen. Insbesondere ich war darauf eingeschworen worden, jede Diskussion und Eskalation einer solchen unbedingt zu vermeiden. Dies hatte ich beim Augenlicht meiner Mutter geschworen – der höchste mir bekannte Schwur, weiß ich doch nur zu gut, wie gern die alte Dame schmökert. „Tag, Herr Skowronek!", gab ich also – um Freundlichkeit bemüht – zurück. „Na, Peters, haben Sie sich inzwischen eingelebt?!" – „Aber sicher, fällt ja auch nicht schwer in dieser netten Nachbarschaft." heuchelte ich tollkühn, woraufhin er mich mit einem zufriedenen Lächeln bedachte, welches aller Wahrscheinlichkeit nach gewöhnlich für vor Gericht um Gnade winselnde Meuchelmörder reserviert war. „Freut mich, dass Sie das so sehen, Peters. Freut mich wirklich." Er kam einen Schritt näher. „Und da wir schon beim Thema sind: Sie werden mir zweifelsohne zustimmen, wenn ich behaupte, dass eine gute Nachbarschaft vor allem auf gegenseitiger Rücksichtnahme basiert, nicht wahr?!" Innerlich alarmiert, doch äußerlich ruhig, nickte ich stumm. „Schön, schön." Er beugte sich zu mir vor, als käme nun der vertrauliche Teil des Gespräches, nahm dies jedoch keineswegs zum Anlass die Lautstärke seiner Stimme zu reduzieren. „Vielleicht wissen Sie nicht, Peters, dass ich neben meiner zeitaufwendigen Tätigkeit als Staatsanwalt ..." Seine Augenbrauen kletterten hoch. „... auch 2. Vorsitzender des örtlichen Kirchenrates bin!" Seine Augenbrauen erklommen den Gipfel und verweilten, um die Aussicht zu genießen. „Ach ...", sagte ich anerkennend in der Annahme, dass dies von mir erwartet wurde. „Ja, und sehen Sie, mir ist – nicht nur aufgrund dieser verantwortungsvollen Tätigkeit – der Sonntag heilig. Daher hat es mich ... äh ... sehr betrübt, letzten Sonntag den Lärm ihres Rasenmähers ertragen zu müssen." – „Oh, tut mir leid. Ich war wegen anderer Arbeiten nicht dazu gekommen und dachte am Sonntag, ich könne schnell…" – „Kein Problem.", unterbrach er mich huldvoll. „Gar kein Problem, mein Lieber. Wenn Sie nur in Zukunft…" Er führte den Satz nicht zu Ende; den Rest sollte ich mir denken. Tat ich auch. „Herr Skowronek, ich werde das Rasenmähen künftig unter der Woche erledigen, ja?! So, dann wünsche ich noch einen schönen…" – „Äh", er hob den Zeigefinger, „da wäre noch eine Kleinigkeit." Ich stoppte mitten in der Bewegung, die mich schleunigst von ihm hatte fortbringen sollen. „Ja, bitte?!" – „Ihr Wagen…", setzte er an. „Ja?" Er lächelte Verständnis heischend. „Das Problem ist die Farbe – dieses schreckliche Gelb. Alle anderen Anwohner haben Wagen mit eher gedeckten Farben, da sticht Ihrer schon ein wenig heraus!" Die Beherrschung zu wahren, fiel mir in diesem Moment nicht eben leicht. „Erwarten Sie, Herr Skowronek, dass ich ihn umspritzen lasse oder verkaufe… oder vielleicht auch vergrabe?!" – „Vergraben!", kicherte er. „Einfach köstlich! Wissen Sie, ich weiß guten Humor durchaus zu schätzen." Sein Kichern stoppte abrupt. „Aber alles zu seiner Zeit, sage ich immer. Nein, wenn Sie Ihren Wagen nur möglichst nicht vor dem Haus oder in der Einfahrt stehen lassen, sondern ihn immer hübsch in die Garage fahren würden, dann wäre uns allen bereits sehr gedient!" – „Nun", ich rang sehr um meine Fassung, „wenn denn mein Wagen Ihr ästhetisches Empfinden beleidigt, bin ich natürlich gerne bereit, ihn künftig vor Ihren offensichtlich recht empfindlichen Augen so weit wie möglich zu verbergen." – „Ich danke vielmals." Skowronek deutete einen Kratzfuß an. „Also, schönen Abend noch." Ich wollte auf der Stelle kehrt machen und nun endlich dem Haus zueilen, als seine Stimme mir abermals in den Ohren dröhnte: „Und ..!" Wütend fuhr ich herum und wies meine Großhirnrinde vorsorglich an, die umfassende Datei „Wüste Beschimpfungen" aufzurufen, dachte jedoch zeitgleich an meinen Schwur und sah meine Mutter vor mir, der einer ihrer geliebten Groschenromane aus den dürren Fingern glitt während sie sich erschrocken an das plötzlich funktionsuntüchtige Geäug griff. „Haben Sie noch ein weiteres Anliegen, Herr Skowronek?" erkundigte ich mich daher zuckersüß. „Äh, da Sie gerade danach fragen: Ja, tatsächlich, da wäre noch etwas. Meine Frau – die übrigens die 1. Vorsitzende unseres Kirchenrates ist – ist in Dingen, die das...äh...Körperliche betreffen, recht heikel, während Ihre Frau sich scheinbar nichts dabei denkt, die Büstenhalter zum Trocknen gut sichtbar an der Wäscheleine aufzuhängen. Grundsätzlich wäre dies noch kein Problem, wenn die Büstenhalter ihrer Frau normal ausfielen. Aber leider sind diese außerordentlich groß, was natürlich kein Wunder ist, denn Ihre Frau hat ja schließlich auch, nun, ich möchte es mal so ausdrücken: 'ordentlich Holz vor der Hütte', was ich selbst und übrigens auch sämtliche anderen männlichen Anwohner im Prinzip sehr begrüßen..." Ich registrierte noch, wie er sich bei diesen Worten über die wulstigen Lippen leckte und mir zeitgleich verschwörerisch zublinzelte, aber was er weiter sagte, bekam ich nicht mehr mit, da meine Ohren nur noch so ein seltsames Rauschen vernahmen. Dann begann ich zu sprechen...na ja, eigentlich schrie ich...aber nur ein einziges Wort: „Arschloch!" Seither herrscht Ruhe. Skowronek geht uns aus dem Weg. Doch das ist keineswegs tragisch, denn für intensivere Kontakte hätten wir sowieso keine Zeit mehr, da ich es für meine selbstverständliche Pflicht und Schuldigkeit hielt, meine Mutter nach ihrer plötzlichen – wenn auch nicht völlig überraschenden – Erblindung bei uns aufzunehmen.

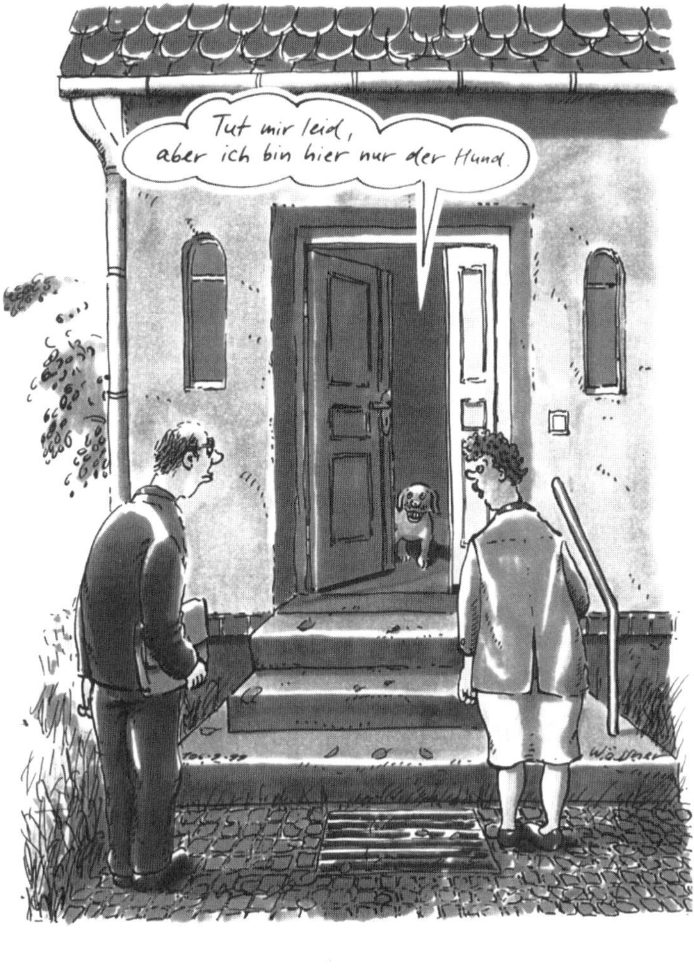
Tut mir leid,
aber ich bin hier nur der Hund.

Tratsch im Treppenhaus

Die Vereinsamung des Menschen im beginnenden dritten Jahrtausend hat viele Gesichter. Ich erinnere nur an die schon sprichwörtlichen „Singlehaushalte", angefüllt mit depressiv Kai Pflaume anhimmelnden Damen. Aber auch in den so genannten „intakten Familien" sieht es trübe aus: Man wechselt im Schnitt vier ganze Sätze pro Woche und die aufwachsende Jugend stiert stundenlang in den piepsenden Gameboy. Gar nicht zu reden von Kleinkindern in Abfalltonnen und Senioren, die man an der Autobahnraststätte ausgesetzt hat und die dort von früh bis spät störend jammern.

Der Mensch ist ein wildes Tier. Sobald er seinen Nächsten nicht mehr braucht, will er ihn auch nicht mehr sehen, geschweige denn mit ihm reden. Nachbarn! Die älteren von uns werden sich noch erinnern, wie es im Treppenhaus oft stundenlang summte und brummte, wenn die versammelten Hausgenossinnen wieder einmal dabei waren sich zu verplaudern.

Aus der heutigen Sicht ein freundliches Relikt aus betulicheren Zeiten. Geradezu heimelig mutet es an, in der Erinnerung. Mal reinhören?

Ein beliebiges Mietshaus in München-Giesing. Frau Vollmer, eine rüstige Matrone, wuchtet den Kartoffelsack die Stiege hoch. Eine Tür öffnet sich und geschmeidig schlüpft die Nachbarin (hier: erstes Tratschweib) ins Treppenhaus.

Erstes Tratschweib *(Arme verschränkt und sicheren Stand suchend):* Frau Vollmer, Frau Vollmer, bleibens doch, kommens doch einmal schnell ... was ich sie fragen wollte, wegen der Kehrwoche*... wer hat denn Kehrwoche?

Zweites Tratschweib *(bereitwillig den Kartoffelsack abstellend):* Keahwoch`n? No, d`Wielanderin ... jo! D`Wielanderin. Freilich.

ET *(harmlos):* Ach? Die ganze Woche?

ZT (resolut): Jo freilich. Die ganze Woch`n. Woss`n sonsd?

ET *(zwitschernd):* Ich mein bloß, weil ich bin da vielleicht arg pingelig, aber ich seh da nicht, dass gekehrt wurde ...

ZT *(ganz deren Meinung):* Ja ich auch nicht. Wo soll`n nocha do kehrt woan sei?

ET *(verschränkt):* Ich bin halt auch arg gewissenhaft und sauber, es sind halt nicht alle so gewissenhaft und sauber – geeellll?

ZT *(grobschlächtig):* Wenn do kehrt woan is, dann ... weil ich vaschdeh was vom Kehrn. Do macht mia koana was vorrr.

ET *(mit scharf gefaltetem Mündchen):* Nun ja. Eine Frau Wieland hat das vielleicht auch nicht nötig ...

ZT *(wild):* Dia sssoi kehn wia sichs kehrt ...

ET *(scharf schmunzelnd):* Frau Schichtführer Wieland schon gar nicht.
  – langsam ausblenden –
ZT *(dampfwalzenartig):* Schichtfiahra! Dia soi kehn wia sichs kehrt!
ET *(bedeutungsvoll den Daumen schwenkend):* Wer den Opel Record vor der Türe hat, kehrt nicht gern ...
ZT *(furios):* Oppl Rekoadd! Kehn soisss!!!

* Kehrwoche = regelmäßig wiederkehrende Pflicht, das Treppenhaus zu säubern.

So war das. Heutzutage ist der damalige Zentralbegriff „Kehren" nahezu völlig aus dem Sprachgebrauch verschwunden. Mithin auch „Kehrwoche" und „Kehricht" und „Kehrt euch". Aber das ist eine ganz andere Geschichte und nun ....? Wo waren wir? Ach ja. München-Giesing. Das Treppenhaus heute. Die junge Biggi Vollmer, die Stiegen erklimmend, träge kauend am Handy horchend. Eine Tür öffnet sich und nach wie vor geschmeidig schlüpft die Nachbarin (hier: Tratschweib) ins Treppenhaus.

Tratschweib *(zischelnd):* Schön, dass ich sie mal erwischen tu. Wie siehts denn eigentlich aus mit Kehrwoche?
Biggi *(sich nur kurz vom Handy lösend):* Kehrwoch`n? Was soll`n das sein?
Tratschweib *(nahezu höhnisch):* Putzen. Wischen. Schon mal gehört?
Biggi *(echt überrascht):* Ach, Cliiining? Keine Ahnung ... *(ins Handy:)* Hello, ja ich bin wieder da.
Tratschweib *(hartnäckig):* Schön wärs schon, wenn mal wieder wer kehren würde ... der Dreck, der liegt ja schon ...
Biggi *(echt genervt sogar in ihren Dialekt verfallend):* Ja dann mach`s hoit! *(ins Handy:)* Da nervt mich so ein Oldie mit Cliiining.
Tratschweib *(zeternd):* Wie bitte? Was? Bei ihrer Frau Mutter hätte es das nicht gegeben!
Biggi *(das Weite suchend):* Ja, ja!
Tratschweib *(nicht nachlassend):* Die war auch gewissenhaft und alles! Nicht ganz so gewissenhaft wie ich, aber immerhin. Ich weiß noch damals die Geschichte mit der Frau Wieland. Die hat auch gedacht, weil der Mann Schichtführer war und man hat sich gleich ein Record angeschafft, ... aber der haben wir ...

– langsam ausblenden –

Der Schirm

Ich muss ja nicht so früh raus wie andere. Deshalb stelle ich nachts die Klingel immer ab, weil ab sieben Uhr morgens dauernd wer vor der Haustür steht und ausgerechnet bei mir auf die Tube drückt, obwohl wir schließlich zwölf Mietparteien sind. Erst kommt das Hamburger Abendblatt, dann der Müll, dann die Post, dann die Paketpost ... Um die Klingel abstellen zu können, muss ich mit der Spitze des Regenschirms so einen kleinen Dubbas oben über der Wohnungstür nach rechts schubsen. Er sitzt direkt unter der Decke und anders komme ich da nicht ran. Manchmal vergesse ich das Abstellen der Klingel oder finde den Schirm nicht. Letzte Woche hatte ich ihn im Büro gelassen und prompt klingelt es. Nachts. Um vier Uhr. Ich raus aus dem Bett, an die Tür und vorsichtig gefragt: -?? Sagt eine Stimme: „Keine Bange, ich will dich nicht zum SPD-Frühschoppen einladen." (Es war gerade wieder Vorwahlzeit in Hamburg.) Meine Nachbarin aus dem zweiten Stock! Ich öffne die Tür und da steht sie. Mit einem Herrensakko und ansonsten barfuß bis zum Hals. Und hat eine Fahne. Und grinst wie nichts Gutes. Ich lasse sie rein und gebe ihr einen alten Jogginganzug, bevor ich frage, was passiert ist. Sie folgt mir in die Küche und setzt mich ins Bild. Sie hatte einen Herrn zu Besuch gehabt, den sie kurz vor vier wieder aus der Wohnung gelassen hatte, wobei sie ihm zuvorkommenderweise das Treppenhauslicht – zwei Meter von ihrer Tür entfernt – anknipste. Wieso ich dem so'n Service biete, weiß ich auch nicht, ich muss ja komplett meschugge sein. Natürlich fällt ihre Tür ins Schloss. Und wo ist jetzt der Liebhaber? – Verduftet. Hat mir aber die Jacke dagelassen. Ich offeriere mein Sofa. Will sie aber nicht. Oben liegt noch eine Kippe auf dem Tellerrand und die Katze kriegt Depressionen, wenn sie nicht bald wieder da ist. Sie guckt mich an. – Allmächtiger, ich weiß doch auch nicht, wie sie die Tür wieder aufkriegen soll. Vielleicht die Feuerwehr? Gott bewahre!, schreit sie, wenn man einmal im Jahr vögelt, muss zur Strafe gleich die Feuerwehr kommen? – Neenee! Dann vielleicht der Schlüsseldienst? Der Schlüsseldienst ist zu teuer. Sie hat eine bessere Idee. Sie wird in Frauen-WGs anrufen, da wissen einige total gut mit Dietrichen und so Bescheid. Ich begebe mich wieder in mein Bett, während sie im Flur etwa eine Dreiviertelstunde lang herumtelefoniert: Ey, kann ich ma Katja (Hannelore, Steffi, Verena) ham, das is dringend ... Die Expertinnen sind entweder nicht zu Hause, zu müde, wohnen sowieso in Bergedorf oder knallen den Hörer gleich wieder auf. Schließlich ruft sie doch beim Schlüsseldienst an und gegen halb sechs klingelt es. Sie marschiert mit dem Mann nach oben. Ich sinke in die Kissen zurück. Es klingelt. Kannssu mir ma'n Fuffi leihn, die wolln Bares sehn, vorher, wie im Puff. Den ganzen nächsten Tag sehe ich sie nicht. Schläft wohl aus. Ich melde mich auch krank. Nachts um halb drei geht die Klingel. Sie bringt den Fuffi zurück. Ich habe jetzt einen Schirm gekauft. Der ist nur für die Klingel.

Hab ich komplett in Eigenleistung renoviert!
Ach?! Sie sind Beamter?!
BUTSCHKOWKE

Das Letzte aus dem Wohnrecht

Wann und unter welchen Umständen ist das Wohnen erlaubt, welche Rechte und Pflichten haben Mensch und Nachbar zu berücksichtigen? In dieser juristischen Angelegenheit vermag die Rechtsprechung manches zur Klärung beizutragen. So wurde kürzlich ein Fleischer freigesprochen, der einen Nachbarn in kleine Portionen aufgeteilt und unter die Kundschaft gebracht hatte. Der Einspruch des Geschädigten wurde abgewiesen, weil solche Beeinträchtigungen der Lebensqualität als durchschnittliche Belastungen gelten, die das Zusammenleben der Menschen nun einmal mit sich bringe. (Vgl. Amtsgericht Haarmannsleben vom 17.5.2000.) Das Gericht entschied zugleich in einem Parallelfall, dass der gewohnheitsmäßige Verzehr von Untermietern statthaft sei, sofern im Untermietvertrag nichts Gegenteiliges geregelt sei. Dagegen ist es nicht vom Gesetzgeber gedeckt, wenn ein Wohnungsinhaber seinem Nachbarn Stinkbomben durchs Küchenfenster wirft, sofern die Einwilligung des Vermieters fehlt, und mit großkalibrigen Gewehren Jagd auf die Nachbarskinder macht, solange die Erteilung eines Waffenscheins aussteht. Im vorliegenden strittigen Fall war beides gegeben. Die Klage der letal befindlichen Familie wurde deshalb kostenpflichtig abgewiesen. (Siehe Verwaltungsgericht Amock a.d. Laufe, 29.2.1997, a.a.O.) Die Rechtslage ist anders, wenn es sich nicht um Mieter, sondern um Eigentümer handelt. Wer als solcher im

Garten des Nachbarn Kirschbäume stiehlt, Hundegebell täuschend nachahmt, durch Anmietung einer Militärkapelle das Hören von Radiomusik nach 22 Uhr vorgibt, wer Abwasserkanäle auf den nachbarlichen Esstisch umleitet, fliegende Kobras im Kräutergarten der anhäusig wohnenden Nießbrauchberechtigten ansiedelt, wer den Schlafburschen mit Schimpfworten ein Loch in den Kopf schlägt und den Grenzstein verschluckt, wird deshalb nur zu einer Bewährungsstrafe verurteilt, da bereits einige wenige dieser notorischen Maßnahmen hinreichend erscheinen, um den Wohnfrieden nachhaltig und tiefgreifend zu beeinflussen. (Domänengericht Altenbeken, 1.4.1884 und passim.) Allerdings hat der Gesetzgeber auch die zu Beschädigenden nicht gänzlich rechtlos gelassen. So hat er bestimmt, dass derjenige, der einen Zaun umpflügt, selbst an dessen statt bis zum Gürtel eingegraben und ihm der Kopf abgepflügt wird. (Vgl. Allgemeines Deutsches Volksrecht, vulgata interim ff.) In einem Streitfall hatte allerdings der Verurteilte in der Revision Erfolg: Das Gericht hob das erstinstanzliche Urteil auf und entschied vielmehr, dass der Beklagte stattdessen mit dem Kopf nach unten eingegraben und ein Zaunpfosten zwischen seine Beine gesetzt werde, „dass man fortan sehe, daß an dem Zaun ein gutes Gemerke sei". In seiner Begründung hob das Gericht hervor, dass ein jedes Gut oder Haus so hohen Frieden haben solle, als sei es mit einem seidenen Faden umfangen oder umhangen. (Dorfgericht Gutinga, 31.6.1410 et al.) Das Haus ist der erweiterte Leib des Menschen, so die herrschende Meinung (vgl. Justinianus: Corpus Juris Civilis, vol. XII, ad maiorem dei gloriam). Juristisch hat das Auswirkungen vor allem auf den Umgang mit Einbrechern und Besuchern. Der Gesetzgeber schreibt beispielsweise vor, dass, um die geheiligte Schwelle des Hauses nicht zu entweihen, der Leib des tödlich verunfallten Gastes durch ein Loch unter der Schwelle herausgezogen werden soll. Anschließend ist das Loch durch das ungesäuerte Blut der Angehörigen des Erschlagenen zu füllen. Die Angehörigen haben das Recht, gegen diese närrische Form der Sippenhaftung Widerspruch einzulegen. Der Widerspruch ist abzulehnen (s. auch: Carolus Magnus: op. cit.). Mit diesen Entscheidungen kommt nun auch der Humor im Recht zu dem seinen. So wurde einem Makler, der sämtliche Mieter einer Siedlung provisionsfrei ins Jenseits vermittelt hatte, um den frei werdenden Wohnraum in Eigentumswohnungen umzuwandeln, höchstrichterlich zugute gehalten, daß er sich lediglich in einem Verdachtsirrtum befunden habe, weil er angenommen hatte, mit den Eigentumswohnungen gute Münze scheffeln zu können für und für. Er ging straffrei aus, sieht man einmal von seiner Teerung, Federung und Vierteilung ab, eine Maßnahme, die eindeutig innerhalb der juristisch einwandfrei bestimmten Grenzen der Satire stattfand. (Leibgericht Geißelau in Verbindung mit NJW 22, S. 1ff.)

Karl Mackenthuns Meinung:
Die armen Reichen

Hat Ihr Nachbar alles, was Sie sich wünschen? Einen Porsche, eine attraktive Frau, eine Jacht, eine Rolex und einen neidischen Nachbarn? Dann sollten Sie sich damit trösten, dass das Reichsein auch nicht so ohne ist. Nicht ohne Geld wie Heu.

„Reich zu sein bedarf es wenig!" lernten wir schon in der Schule und ergänzten in Gedanken: „Und wer reich ist, der ist König!" Und wie an allem, was man in der Schule lernt, ist auch daran ein Körnchen Wahrheit. Ermöglicht einem das Reichsein doch nicht selten, mal so richtig die Sau rauszulassen – einen Streifen feinsten Kaviar durch einen gerollten Hundertmarkschein in die Nase zu ziehen beispielsweise oder mal eben im Privatwagen nach Campari zu düsen und da einen eisgekühlten Yves St. Laurent zu schlürfen.

Denn Reichtum ist die Abwesenheit von Armut und Armut die Abwesenheit von Geld, ergo ist Reichtum die totale Abwesenheit von Geld, oder nein, andersrum ... also eigentlich „ists 'ne Masse Schotter" (Krupp von Bowling und Halbacht). Ganz schön kompliziert eigentlich, und das Reichsein scheint auch ziemlich riskant zu sein!

Diese Befürchtung verstärkt sich, wenn man in

gewissen illustrierten Blättern liest, wie arm die Reichen andauernd dran sind: Da stellt sich auch nach der Traumscheidung von Graf und Gräfin XY nicht das rechte Lebensglück ein, da wird die Vergnügungssteuer erhöht, da ist St. Moritz plötzlich out (wohin jetzt mit dem neuen Chalet?), und schließlich bedroht den Reichen immer wieder das erbarmungslose Schicksal: hier eine Angina, dort ein Herzinfarkt. Und immer dräuen Schwangerschaften.

Entsetzliches Los! Wer möchte da schon reich sein?!

Na, ich zum Beispiel.

   Ihr

Mein Nachbar

Samstags, ganz früh am Morgen, wenn die Wiesen noch leicht in der ersten Sonne dampfen, Hunde vorsichtig hüstelnd erwachen und sich unentschlossen daranmachen, einzeln auftauchende Passanten zu erschrecken; wenn mürrische Jogger nach Brötchen rennen und gut aufgelegte Zeitungsausträger Feierabend haben – ganz früh am Morgen erwacht auch der Nachbar. Zuerst hört man ihn zaghaft und wie in weiter Ferne rumoren: einen Fensterladen öffnen, mit der Tür des Geräteschuppens schlagen. Kurz nur ringt er mit dem Gartenschlauch, um dann auf kaum hörbaren Puschen wieder im Haus zu verschwinden.

Nun frühstückt der Nachbar. Ein an und für sich harmloser Vorgang, der für des Nachbarn Nachbar jedoch durchaus bedrohliche Aspekte birgt. Denn: Während des Frühstücks tankt der Nachbar Kraft, Energie und Ideen für den bevorstehenden Tag. Er hat nämlich keineswegs vor, den Samstag auf die gottgewollte Art und Weise zu begehen, welche bekanntlich darin besteht, auf dem Sofa herumzuflegeln, den Liegestuhl zu entfalten oder im Café zu lamentieren. Der Nachbar beabsichtigt den Tag zu nutzen. Und so betritt er gestärkt den handtuchgroßen Garten seines Anwesens, entzündet sich ein

Marlboro-Zigarettchen und wittert in die kühle Morgenluft. Suchend schweift sein noch müdes Auge zu anderen Gartenhandtüchern und es dauert nicht lange, da schnüren weitere, in blaue Arbeitsmäntel und kurze Sporthosen, legere, vielfarbige Trainingsanzüge und praktische Overalls gekleidete Gesellen über ihr karg bemessenes Grün. Seltsam scheu, wie ertappt, begrüßen sich die Nachbarn mittels abrupt in den Nacken geworfener Häupter: „Servuss", „Na, wie?" und „Aha – auch schon?" tönt es hinüber und herüber. Zigaretten werden generös gereicht, einzelne Bierflaschen mit vorwitzigem „Bopp" geöffnet. An den maschendrahtbegrenzten Demarkationslinien der nachbarlichen Zwergstaaten bilden sich rauchende, bedeutungsvoll umherzeigende, großartige Tatsachen enthüllende Gruppen von Trainingsanzügen und Overalls, zu denen ab und zu Kinder und Frauen stoßen, die man jedoch nur kurz duldet, um sie dann routiniert und mit vereinten Kräften abzudrängen.

Hier „draußen", haben die nichts zu suchen. „Hier draußen„ ist das Reich derer, die eben noch mit dem Gabelschlüssel jonglierend, nun gewichtig mit dem Meterstab hantieren oder blitzschnell die Bohrmaschine ziehen. Die mit ernsthaft zugekniffenen Äuglein – dies ist kein Spaß – Bretter prüfen und sorgenvoll ihre Nasen in verlausten Hecken versenken.

Vorüber ist die Zeit des Redens. Jetzt wird gehandelt. Man geht auseinander, wobei sich auch kleine Interessengemeinschaften bilden können. Das eine oder andere Loch wird ausgehoben; man schart sich um eine möglichst unangenehm kreischende Säge. Überhaupt ist Lautstärke für den Nachbarn ein bevorzugter Gradmesser hinsichtlich der Qualität seiner Umtriebe. Auch noch die kleinste Rasenfläche wird mittels eines ungeheuer großen und imposant jaulenden Mähers geschoren; jedes noch so unbedeutende Stückchen Holz muss unbedingt lärmend zerteilt werden. Dann sieht man den Nachbarn inmitten dieses Krachs die symbolische Geste des Schweißabwischens vollführen und den allgemeinen Geräuschpegel um eine lauthals gebrüllte Unwichtigkeit bereichern.

Wer dies alles aus der Balkonperspektive betrachtet, wird spontan an die Situation von Mäusen erinnert, die man zu wissenschaftlichen Zwecken beobachtet: Das tippelt emsig, keiner erkennbaren Aufgabe nachgehend am Maschendraht entlang, gräbt mal in diesem Eck, schichtet mal jenen Haufen, ohne ihn einer Bestimmung zuzuführen. Das beschnuppert nur kurz das Weibchen: keine Zeit, keine Zeit. Immer wieder, aufgrund einer für den Außenstehenden nicht nachvollziehbaren, geheimnisvollen Übereinstimmung, rottet sich der Nachbar zusammen. Wieder wird geraucht, man lobt sich ausgiebig und kommentiert wohlwollend die zwar unbedeutenden, aber immerhin bemühten Arbeiten der Kollegen. Je weiter der Tag fortschreitet, desto greller schwingt Gevatter

Alkohol das Zepter. Es wird immer hemmungsloser schwadroniert und auch nach den wieder zutraulicher werden Frauen geschielt. Schlüpfrige Bemerkungen fallen und werden wohlwollend aufkreischend
gefeiert. Stolz führt man Kinder vor. Die Phasen konzentrierter Arbeit nehmen merklich ab. Nur noch sporadisch zerrt die Säge am Trommelfell des Betrachters, das Pfeifen der versammelten Bohrschlaghämmer gerät immer öfter ins Stocken; hell klingeln Bierflaschen...
Nun sind die Maschendrähte dicht umlagert, schriller krähen die Damen, enthemmt gackern die Herren, still schweigt die Kettensäge. Mutige erklimmen bereits des Nachbarn Zaun und balancieren auf dessen Gartenhandtuch hinüber, wo man sich rasch heimisch fühlt, während die Verzagteren sich an ihren Maschendraht klammern und neidisch das Geschehen kommentieren. Es finden sich Wortführer, die zum Erwerb eines Kastens Bier anstacheln. Außerdem wird frech dem unbedingten Willen zum Goutieren der bevorstehenden „Sportschau" Ausdruck verliehen. Mehrere Nachbarinnen furchen unwillig die Stirne und murren wider der Ernährerschar. Man ignoriert sie jedoch souverän. Heute ist kein Durchkommen gegen die Front der Nachbarn. Einzeln werden Arme um Schultern gelegt. Der Kasten Bier trifft ein. Es ist Viertel vor sechs. Der Samstag ist noch lang ...

Autoren und Zeichner

Hans Borghorst, 1961 in Haren/Ems geboren, arbeitete als Zeitungsausträger, in einer Coca-Cola-Fabrik, als Pizza-Bote, als Kabelträger beim Fernsehen, als Grafiker, als DJ usw. Lebt als freier Autor in Meppen.
Tom Breitenfeldt, geboren 1957 in Flensburg, lebt und zeichnet in Oldenburg. Sein erstes Buch: *Es lebe der kleine König*.
Peter Butschkow, 1944 in Cottbus geboren, studierte Grafik in Berlin und jobbte als Trommler in einer Rockband. In den siebziger Jahren arbeitete er freiberuflich als Grafiker und Zeichner in Berlin. Heute lebt der Vater zweier Söhne als freischaffender Cartoonist in Nordfriesland. Bei Lappan sind zur Zeit 20 Titel lieferbar. Außerdem ist Peter Butschkow in weiteren Büchern der Reihe Lappans Cartoon-Geschenke vertreten.
Fritz Eckenga, geboren 1955, ist Autor, Komiker Musiker und wohnt in Dortmund. Er ist Mitglied des ziemlich berühmten Ensembles N8chtschicht. Letzte Buchveröffentlichung: Kucken, ob's tropft und Ich muss es ja wissen.
Willfried Gebhard ist 1944 in Crailsheim geboren, in Stuttgart aufgewachsen und lebt heute im schwäbischen Maulbronn. Nach dem Grafikstudium in Stuttgart an der grafischen Fachschule und der Staatlichen Akademie der bildenden Künste arbeitete er in der Werbung und ist dann später zum Cartoon und zur Illustration gekommen.
Gerhard Glück, geboren 1944 in Bad Vilbel, aufgewachsen in Frankfurt/Main. Studium Grafik-Design an der Werkkunstschule in Kassel. Anschließend Studium der Kunsterziehung. Er lebt und arbeitet in Kassel.
Albert Hefele, 1951 im Allgäu geboren, lebt in Memmingen. Arbeitet als Arbeitstherapeut. Als freier Mitarbeiter z.B. für die Zeitschrift *Titanic* tätig. Letzte Buchveröffentlichung: *Grauenhafte Sportarten, mit denen uns das Fernsehen quält*.
Dr. Manfred Hofmann, Jahrgang 1950, lebt in Berlin und ist seit Jahren Mitherausgeber der *Berliner Verallgemeinerten* der Stadtillustrierten *Zitty*. Als Autor veröffentlichte er in *Pardon*, *Titanic* u.a.

und schrieb mehrere Bücher, als Apotheker verdient er seinen Lebensunterhalt.
Ulrich Horb, geboren 1955, arbeitet als Journalist in Berlin.
Peter Köhler, geboren 1957, lebt, arbeitet und faulenzt in Göttingen.
Fanny Müller wohnt in Hamburg und arbeitet in der Erwachsenenbildung. Zahlreiche Glossen, Geschichten, Satiren in Zeitungen und Zeitschriften. Bücher: *Geschichten von Frau K.*; *Mein Keks gehört mir*; *Stadt, Land, Mord*; *Das fehlte noch! – Mit Röhm und Hitler auf La Palma*.
Ari Plikat, geboren 1958 in Lüdenscheid. Studium Grafik-Design in Dortmund und Leeds. Veröffentlichungen als Illustrator und Cartoonist in Zeitungen, Zeitschriften und Büchern.
Susanne Rießelmann, geboren in Lohne, lebt und arbeitet als freie Journalistin in Hamburg.
Thomas Schaefer, geboren 1959, lebt und tippt in Göttingen.
Frank Schulz, geboren am Tag der Liebe 1957 in Hagen bei Stade, lebt als Schriftsteller in Hamburg.
Andreas Scheffler, geboren 1966 in Gütersloh, lebt und arbeitet in Berlin. Liest jeden Sonntag in der *Kalkscheune* bei *Dr. Seltsams Frühschoppen*. Letzte Buchveröffentlichung: „Und sonst geht's gut? 40 Geschichten über den Irrwitz im Alltag", Fahner Verlag.
Hans Joachim Teschner, geboren 1945, lebt in Varel. Seit 1991 veröffentlicht er Satiren und Kurzgeschichten. Er verdient seinen Lebensunterhalt als Gitarrenlehrer, Arrangeur und Komponist.
Fritz Tietz, geboren 1958 in Bielefeld, lebt als freier Autor in Hamburg, Beiträge für Zeitungen, Zeitschriften und Fernsehen. Letzte Buchveröffentlichung: *Und drinnen spielt ein Mongoloidenkapellchen*.
Thomas Weyh, geboren 1961 in München. Besuch der Fachhochschule für Kommunikations-Design. Lebt in Landshut als freier Zeichner und Cartoonist.
Günther Willen, geboren 1954. Lebt und arbeitet in Oldenburg.
Freimut Wössner, geboren 1945 in einem schwäbischen Dorf. Lebt in Westberlin. Nach branchenüblichen Irrungen und Wirrungen seit 1980 Karikaturist.

IN DIESER REIHE

Alle lieben Ärzte
3-89082-743-8

Alle lieben Architekten
3-89082-934-1

Alle lieben Autofahren
3-89082-990-2

Alle lieben Beamte
3-89082-801-9

Alle lieben Chefs
3-89082-938-4

Alle lieben Computer
3-89082-744-6

Alle lieben Frauen
3-89082-748-9

Alle lieben Fußball
3-89082-767-5

Alle lieben Gastgeber
3-89082-937-6

Alle lieben Golf
3-89082-991-0

Alle lieben Heimwerker
3-89082-935-X

Alles Liebe zur Hochzeit
3-89082-782-9

Alle lieben Hunde
3-89082-834-5

Alle lieben Juristen
3-89082-833-7

Alle lieben Katzen
3-89082-802-7

Wir senden Ihnen gern unser Gesamtverzeichnis: Lappan Verlag GmbH · Postfach 3407 · 26

ERSCHIENEN:

Alle lieben Kinder
3-89082-853-1

Alle lieben Lehrer
3-89082-746-2

Alle lieben Männer
3-89082-747-0

Alle lieben Motorradfahren
3-89082-803-5

Alle lieben Nachbarn
3-8303-4010-9

Alle lieben Nichtraucher
3-89082-825-6

Alle lieben Polizisten
3-89082-939-2

Alle lieben Radfahren
3-89082-823-X

Alle lieben Sekretärinnen
3-89082-936-8

Alle lieben Steuerberater
3-89082-824-8

Alle lieben Studenten
3-8303-4009-5

Alle lieben Tennis
3-8303-4008-7

Alle Lieben Urlaub
3-89082-992-9

Alle lieben Weihnachten
3-89082-745-4

Alle lieben Zahnärzte
3-89082-781-0

Alle Titel haben 96 Seiten.
Format: 13 x 21 cm
Hardcover

besuchen Sie uns im Internet unter: http://www.lappan.de oder per e-mail: info@lappan.de